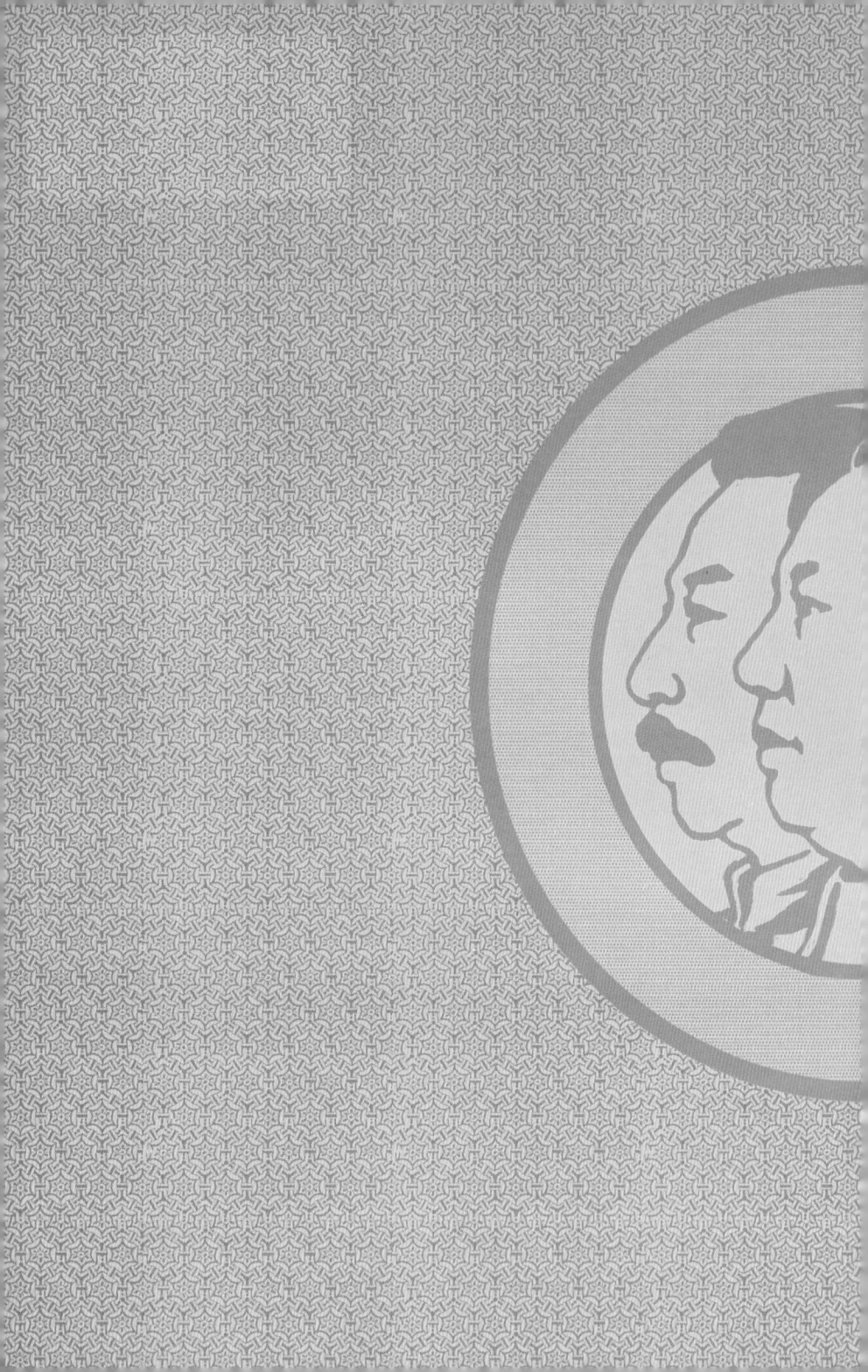

新文学选集

闻一多选集

开明出版社

闻一多先生遗像

（与学生们在云南路南石林旅行）

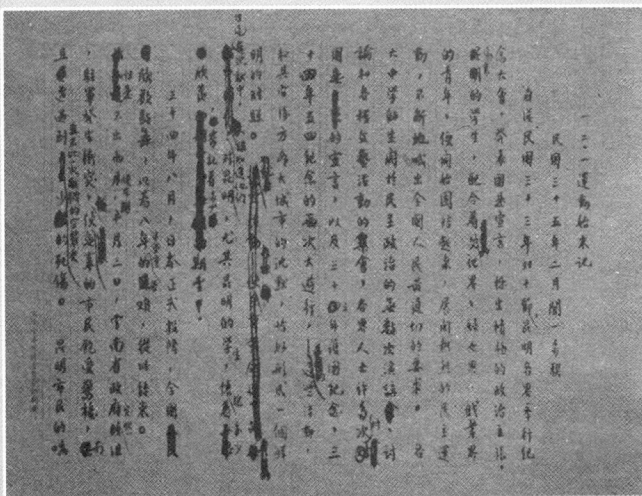

手 迹

　　闻先生结婚之日在浠水老家门口所摄的合家欢。自左至右第二排第三和第
五位是闻先生的母亲和父亲，第三排第一位是闻先生的夫人，闻先生本人在末
排第二位。

出版说明

　　新中国成立不久，中央人民政府文化部就成立了"新文学选集编辑委员会"，负责编选"新文学选集"，文化部部长茅盾任编委会主任，出版总署副署长叶圣陶、中宣部文艺处处长、作协党组书记兼副主席、《文艺报》主编丁玲、文艺理论家杨晦等任编委会委员。"新文学选集"1951年由开明书店出版，是新中国第一部汇集"五四"以来作家选集的丛书。

　　这套丛书分为两辑，第一辑是"已故作家及烈士的作品"，共12种，即《鲁迅选集》《瞿秋白选集》《郁达夫选集》《闻一多选集》《朱自清选集》《许地山选集》《蒋光慈选集》《鲁彦选集》《柔石选集》《胡也频选集》《洪灵菲选集》和《殷夫选集》。"健在作家"的选集为第二辑，也12种，即《郭沫若选集》《茅盾选集》《叶圣陶选集》《丁玲选集》《田汉选集》《巴金选集》《老舍选集》《洪深选集》《艾青选集》《张天翼选集》《曹禺选集》和《赵树理选集》。

　　"选集"的编排、装帧、设计、印制都相当考究。健在作家选集的封面由本人题签。已故作家中，"鲁迅选集"四个字选自鲁迅生前自题的"鲁迅自选集"，其他作家的书名均由郭沫若题写。正文前印有作者照片、手迹、《编辑凡例》和《序》；"已故作家"的"选集"中有的还附有《小传》，《序》也不止一篇。初版本为大32开软精装本，另有乙种本（即普及本）。软精装本扉页和封底衬页居中都印有鲁迅与毛泽东的侧面头像，因为占的版面较大，格外引人注目。毛泽东在《新民主主义论》中称鲁迅"是文化新军的最伟大和最英勇的旗手"，"是中国文化革命的主将"，"不但是伟大的文学家，而且是伟大的思想家和伟大的革命家"，"鲁迅的方向，就是中华民族新文化的方向"，刊印鲁迅头像是为了突出鲁迅在新文学史上的权威地位，将鲁迅头像与毛泽东头像并列刊印在一起，则寄寓着以鲁迅为代表的"五四"新文学发展的最终方向，就是走向1942年以后的文艺上的"毛泽东时代"。学习毛泽东《在延安文艺座谈会上的讲话》，实践毛泽东提出的革命文艺发展的正确方针，是新中国文学发展的必由之路。

"已故作家"中，鲁迅、朱自清、许地山、鲁彦、蒋光慈五人"因病致死"；瞿秋白、郁达夫、闻一多、柔石、胡也频、洪灵菲、殷夫七人都是"烈士"，是被反动派杀害的。鲁迅和瞿秋白是"左联"主要领导人；蒋光慈、洪灵菲、胡也频、柔石、殷夫都是"左翼作家"。闻一多、朱自清是"民主主义者和民主个人主义者"，但他们"在美国帝国主义者及其走狗国民党反动派面前站起来了"，"闻一多拍案而起，横眉怒对国民党的手枪，宁可倒下去，不愿屈服。朱自清一身重病，宁可饿死，不领美国的'救济粮'。他们是我们民族的脊梁"，"表现了我们民族的英雄气概"。①"已故作家"和"烈士作家"选集的出版，"正说明了中国人民的、革命的文学和文化所走过来的路，是壮烈的"②。

"健在作家"中郭沫若位居政务院副总理兼文教委主任，是国家领导人。茅盾"是党的最早的一批党员之一，曾积极参加党的筹备工作和早期工作"，③又是新中国的文化部部长、作家协会主席，身份特殊。洪深、丁玲、张天翼、田汉、艾青、赵树理等都是党员作家。叶圣陶、巴金、老舍、曹禺等人在文学上的成就自不待言，又都是我党亲密的朋友，是"进步的革命的文艺运动"（茅盾语）的参与者，是"革命文艺家"④。

"健在作家的作品"，由作家本人编选，或由作家本人委托他人代选。"已故作家及烈士的作品"，由编委会约请专人编选。《郁达夫选集》由丁易编选、《洪灵菲选集》由孟超编选，《殷夫选集》由阿英编选，《柔石选集》由魏金枝编选，《胡也频选集》由丁玲编选，《蒋光慈选集》由黄药眠编选，《闻一多选集》和《朱自清选集》均由李广田编选，《鲁彦选集》由周立波编选，《许地山选集》由杨刚编选。编委会约请的编选者

---

① 毛泽东：《别了，司徒雷登》，《毛泽东选集》第4卷，人民出版社1991年版，第1496页。

② 冷火：《新文学的光辉道路——介绍开明书店出版的"新文学选集"》，《文汇报》1951年9月20日第4版。

③ 胡耀邦：1981年4月11日在沈雁冰追悼会上的致词。

④ 冷火：《新文学的光辉道路——介绍开明书店出版的"新文学选集"》，《文汇报》1951年9月20日第4版。

多为名家，且与作者交谊深厚，对作者的创作及其为人都有深切的了解，能够全面把握作家的思想脉络，准确地阐述其作品的文学史意义。《鲁迅选集》和《瞿秋白选集》则由"新文学选集编辑委员会"编选，规格更高。

这套丛书的意义首先在于给"新文学"定位。《编辑凡例》中说："此所谓新文学，指'五四'以来，现实主义的文学作品而言"；"现实主义是'五四'以来新文学的主流"；"新文学的历史就是批判的现实主义到革命的现实主义的发展过程"。这种独尊"现实主义的文学"的做法，把浪漫主义、象征主义以及意识流小说等许许多多优秀的文学作品挡在"新文学"的门槛之外了，在今天看来不免"太偏"，可在新中国成立伊始的"大欢乐的节日"里，似乎是"全社会"的"共识"。《编辑凡例》还说："这套丛书既然打算依据中国新文学的历史发展的过程，选辑'五四'以来具有时代意义的作品"，使读者"藉本丛书之助"，"能以比较经济的时间和精力对于新文学的发展的过程获得基本的初步的知识"，从而点出了这部"新文学选集"的"文学史意义"：编选的是"作品"，展示的则是"新文学的发展的过程"。把"现实主义的文学"作为"新文学"的主流，以此来筛选作品；重塑"新文学"的图景；规范"新文学史"的写作；建构"新文学"的传统；回归"完整的理论体系和最高指导原则"；为新中国的文学创作提供借鉴和资源，乃是这套"新文学选集"的意义和使命所在，因而被誉为"新文学的纪程碑"。

遗憾的是这套丛书未能出全。"已故作家及烈士的作品"

只出了 11 种,《瞿秋白选集》未能出版。瞿秋白曾经是中共的"领袖",按当时的归定:中央一级领导人的文字要公开发表,必须经中央批准。再加上瞿秋白对"新文学"评价太低,他个别文艺论文中的见解与"左翼"话语相抵牾,出于慎重的考虑,只好延后。健在作家的选集也只出了 11 种,《田汉选集》未能出版。他在 1955 年人民文学出版社出版的《〈田汉剧作选〉后记》中对此做了解释:

> 当 1950 年新文学选集编辑委员会编选五四作品的时候,我虽也光荣地被指定搞一个选集,但我是十分惶恐的。我想——那样的东西在日益提高的人民的文艺要求下,能拿得出去吗?再加,有些作品的底稿和印本在我流离转徙的生活中都散失了,这一编辑工作无形中就延搁下来了。

"作品的底稿和印本"的"散失",并不是理由;"惶恐"作品"在日益提高的人民的文艺要求下,能拿得出去吗?",这才是"延搁"的主因。出版的这 22 种选集中,《鲁迅选集》分上、中、下三册,《郭沫若选集》分上、下二册,其馀 20 位作家都只有一册,规格和分量上的区别彰显了鲁迅和郭沫若在我国现代文学史上崇高的地位,鲁迅是新文化运动的旗手和主将，郭沫若是继鲁迅之后的又一位"主将"和"向导"①，从而为鲁郭茅巴老曹的排序定下规则。

鉴于这套丛书的重要意义，本社依开明版重印，并保留原有的风格，以飨读者。

开明出版社

---

① 周恩来：《我要说的话》，重庆《新华日报》1941 年 11 月 17 日第 1 版。

编辑凡例

一、此所谓新文学，指"五四"以来，现实主义的文学作品而言。如果作一个历史的分析，可以说，现实主义是"五四"以来新文学的主流，而其中又包括着批判的现实主义（也曾被称为旧现实主义）和革命的现实主义（也曾被称为新现实主义）这两大类。新文学的历史就是从批判的现实主义到革命的现实主义的发展过程。一九四二年毛主席在延安文艺座谈会的讲话发表以后，革命的现实主义文学便有了一个新的更大的发展，并建立了自己完整的理论体系和最高指导原则。

二、现在这套丛书就打算依据这一历史的发展过程，选辑"五四"以来具有时代意义的作品，以便青年读者得以最经济的时间和精力获得新文学发展的初步的基本的知识。本来这样的选集可以有两种方式，一是按照作品时代先后，成一总集，又一是个别作家各自成一选集；这两个方式互有短长，现在所采取的，是后一方式。这里还有两个问题须要加以说明。第一，这套丛书既然打算依据中国新文学的历史发展的过程，选辑"五四"以来具有时代意义的作品，换言之，亦即企图藉本丛书之助而使读者能以比较经济的时间和精力对于新文学的发展的过程获得基本的初步的知识，因此，我们的选辑的对象主要是在一九四二年以前就已有重要作品出世的作家们。这一个范围，当然不是绝对的，然而大体上是有这么一个范围，并且也在这一点上，和《人民文艺丛书》作了分工。第二，适合于上述范围的作家与作品，当然也不止于本丛书现在的第一、二两辑所包罗的，我们的企图是，继此以后，陆续再出第三、四……等辑，而使本丛书的代表性更近于全面。

　　三、本丛书第一、二两辑共包罗作家二十四人，各集有为作家本人自选的，也有本丛书编委会约请专人代选的，如已故诸作家及烈士的作品。每集都有序文。二十馀年来，文艺界的烈士也不止于本丛书所包罗的那几位，但遗文搜集，常苦不全，所以现在就先选辑了这几位，将来再当增补。

新文学选集编辑委员会

一九五一年三月，北京

序

李广田

《闻一多全集》出版于一九四八年八月，共四册，八集，约一百二十万言。内容包括古典研究，诗歌创作，批评，杂文，演讲，书信，诗选及校笺等。这里只选了诗三十五首，文二十五篇。诗，选自《红烛》与《死水》两个诗集，又加一首未收入这两集的《奇迹》，从一九二零，闻先生开始写诗的一年，选到一九三一。文，包括批评，杂文，演讲和书信，从一九二二，选到一九四六，也就是选到闻先生《最后的一次讲演》。《全集》是按分类编排的，这里都尽可能地按编年调整了，凡是能注出写作年代的，也已大致注明。

闻先生是诗人，是学者，是民主斗士。要了解闻先生，须从全面了解，但这本书既是《新文学选集》之一种，也就只能选闻先生这些作品。从这样一个选本中，虽然不能看到闻先生的全部成就，但从此也可以看出闻先生的转变过程和发展方向。在文选中，较多地选取了后期的杂文，因为这些文字是富有战斗性的，是闻先生的一种斗争武器，是闻先生道路的终点，也就是最高点。没有这些文字，就不足以认识闻先生之所以为闻先生了。

闻先生的道路是曲折的，是充满了矛盾，又终于克服了种种矛盾而向前迈进的：正如长江大河，不奔流于平原阔野，而是在千山万壑中横冲直闯，到了最后，才形成了壮阔的波澜，一泻千里，扑向真理的大海。也正因为如此，才见得伟大而有力。

闻先生的道路是从诗开始的，而且又是一个极端的唯美主义者"（见《全集·年谱》页三九）。他出生于半封建半殖民地社会中的"世家望族，书香门第"，而又受了十年美国化的清华学校的教育，到美国后又是专学美术绘画，这就是把他造成一个唯美主义者的社会根源。在家庭中，科举虽已废弃，而诗辞歌赋却仍是必修的功课。在清华学校，因学习西洋的文学艺术，使他沾染了浪漫主义的气息与色彩。在美国，更多的方便使他形成了一个浪漫主义的诗人。而同时，身受的民族压迫，使他成为一个爱国主义者。《红烛》中的大部分诗说明了这一点。他曾经歌颂过"死"：《李白篇》中的李白死于幻想的爱，《剑匣篇》中说但愿展玩着自制的剑匣，而昏死在它的光彩里。在《死》一首里，他说："死是我对你唯一的要求，死是我对你无上的供献。"他曾经歌颂过"爱"：《国手》一首中说愿"将我的灵和肉输得干干净净！"在《香篆》中他祝福"爱"的"万寿无疆"。他更多地歌颂了色彩，在《秋色》中，他说：

啊！斑斓的秋树啊！

> 我羡煞你们这浪漫的世界，
>
> 这波希米亚的生活！
>
> 我羡煞你们的色彩！

终于说要喝秋的色彩，唱秋的色彩，嗅秋的色彩，而且过秋树一般的色彩的生活。在《色彩》一诗中说因爱色彩才爱自己的生命，因为：

> 红给了我热情，
>
> 黄教我以忠义，
>
> 蓝教我以高洁，
>
> 粉红赐我以希望，
>
> 灰白赠我以悲哀，
>
> 再完成这帧彩图，
>
> 黑还要加我以死。

他又歌颂济慈，是"艺术的忠臣"，是"艺术的殉身者"！然而问题紧接着也就来了，那就是他在给友人的书信中所说的，"现实的生活时时刻刻把我从诗境拉到尘境来"。在当时，所谓"诗境"与"尘境"之间是不调和的，是极端矛盾的。这所谓现实生活中的"尘境"，最重要的乃是民族的歧视，于是民族主义的情绪激动起来，生长起来，他变成了一个爱国主义者。他在家书中说："我乃有祖国之民，我有五千年之历史与文化，我有何不若彼美人者？将谓吾国人不能制杀人之枪炮遂不若彼之光明磊落乎？总之，彼之贱视吾国人者一言难尽。"可以想见他的痛苦与愤慨。由于这样的心情，他写了有名的《洗衣歌》，在美国人看来，洗衣是一种下贱的职业，留学生也常常被人问道："你的爸爸是洗衣裳的吗？"闻先生在诗中写道：

> 你说洗衣的买卖太下贱，
> 肯下贱的只有唐人不成？
> 你们的牧师他告诉我说：
> 耶酥的爸爸做木匠出身，
> 你信不信？你信不信？
>
> 胰子白水耍不出花头来，
> 洗衣裳原比不上造军舰。
> 我也说这有什么大出息——
> 流一身血汗洗别人的汗？
> 你们肯干？你们肯干？

他又写了怀念祖国的《太阳吟》：

> 太阳啊！这不像我的山川，太阳！
> 这里的风云另带一般颜色，
> 这里的鸟儿唱的调子格外凄凉。

他在给朋友的信中说，他所想的不是狭义的"家"，而是"中国的山川，中国的草木，中国的鸟兽，中国的屋宇，——中国的人！"甚至在《忆菊》中于赞美菊花时也说：

> 啊！自然美底总收成啊！
> 我们祖国之秋底杰作啊！
>
> 我要赞美我祖国底花！
> 我要赞美我如花的祖国！

这正是唯美主义与爱国主义的结合。也就是在这时候，他写了有名的论文《女神之时代精神》和《女神之地方色彩》。在《女神之地方色彩》中，他愤慨地说："现在的新诗中有的是德谟克拉西，有的是泰果尔，亚坡罗，有的是心弦，洗礼等洋名词。但是，我们的中国在哪里？我们四千年的华胄在哪里？哪里是我们的大江，黄河，昆仑，泰山，洞庭，西子？又哪里是我们的《三百篇》，《楚骚》，李，杜，苏，陆？"从闻先生的文艺观点之变化发展上看，这是两篇很重要的文字，而这样的文字，如不是由所谓"诗境"拉向"尘境"，不是在思想上向现实突进了一步，是不可能出现的。在前一篇中，他说："二十世纪是黑暗的世界，但这黑暗是先导黎明的黑暗。"又说："人类的价值在能忏悔，能革新。世界的文化也不过由这一点发生的。忏悔是美德中最美的，它是一切的光明的源头，它是尺蠖的灵魂渴求伸展的象征。"在后一篇中，他说：新诗"既不要作纯粹的本地诗，但还要保存本地的色彩"，既"不要作纯粹的外洋诗，但又尽量地吸收外洋诗的长处"。他以为"诗同一切艺术应是时代的经线同地方的纬线所编织成的一匹锦"。因而他劝我们的诗人要时时不忘"今时"，时时不忘"此地"。而"真要建设一个好的世界文学，只有各国文学充分发展其地方色彩，同时又贯以一种共同的时代精神"。这些意见，就是到了今天，也还是正确的，有用的。不过无论如何，他当时的思想终是矛盾的，不统一的。他身居异域，而怀念祖国，学着西洋的文学艺术，而又留恋着祖国的文化，一面说"诗人主要的天赋是爱，爱他的祖国，爱他的人民"（《全集·谱》页四五），

而同时又在喊着我们的主张是"艺术为艺术"（见《全集·与
友人书（四）》），在《泰果尔批判》中既说"文学的宫殿必须
建筑在现实的人生基础上"，而在《冬夜评论》中又嫌《冬夜》
作者"太忘不掉这人世间"。就连自己的学习也发生了矛盾，
他在一九二三年给弟书中说："我现在着实怀疑我为什么要学
西洋画，西洋画实没有中国画高。我整天思维不能解决。哪一
天解决了我定马上回家。"

　　留美四年，他终于一九二五年回来了，他从美国带来了文
学艺术各方面的成就，也带来了爱国主义，他要为"国家主
义"而努力，这是他留美的结果。他回到"咱们的中国"（《死
水·一句话》），如他所说，是因为祖国在召唤他，然而他失望
了，曾在异邦歌唱过《太阳吟》，说那里的山川不像自己的山
川的，而现在却是：

　　　　我来了，我喊一声，迸着血泪，

　　　　"这不是我的中华，不对！不对！（《死水·发现》）
军阀专横，政治腐败，把一个想望中的祖国糟蹋成了只好"让
魔鬼来开垦"的"一沟绝望的死水"。他所见的是寂无人烟的
"荒村"和"满城都是鬼"的北京城（《天安门》）。诗集《死
水》，充分表现了他的痛苦，愤恨，也充分表现了他的新的矛
盾：到底应当怎么办呢？应当把自己关在书斋里不问不闻呢，
还是应当冲出去有所作为？应当在个人的"幸福"中图一时之
享受呢，还是放弃个人而为人民设想呢？他在《静夜》（原题
《心跳》）一首中说：

　　　　静夜！我不能，不能受你的贿赂。

谁稀罕你这墙内尺方的和平！

我的世界还有更辽阔的边境。

这围墙既隔不断战争的喧嚣，

你有什么方法禁止我的心跳？

…………

幸福！我如今不能受你的私贿，

我的世界不在这尺方的墙内。

听！又是一阵炮声，死神在咆哮。

静夜！你如何能禁止我的心跳？

　　诗集《死水》的出版，在当时的文艺界发生了很大的影响。一方面是由于作者对现实的态度，这种抗议的态度使他的诗有了新的内容。另一方面则由于他的诗的形式。自五四以来中国的新诗已经有了将近十年的历史，十年之内，新诗由萌芽而壮大，脱离了旧形式的束缚，自然要求新形式的建立，而到了闻先生，可以说已经是一个相当成熟的时期，而且，据朱自清先生在《新文学大系·诗集》的导言中所说的，徐志摩虽也努力于"体制的输入与试验"，但他只顾了自己，没有想到用理论来领导别人，只有闻先生才是"最有兴味探讨诗的理论和艺术的"。闻先生于一九二六年曾写过一篇《诗的格律》，他说："诗的实力不独包括音乐的美（音节），绘画的美（词藻），并且还有建筑的美（节的匀称和句的均齐）。"这些意见，一方面是由于长期试验的结果，一方面也是在美国研究美术的影响。他在这篇论文里提出了很多宝贵的意见。他主张新诗的格式应当是"相体裁衣"，而不应当是男女老幼都穿一样的衣服。

他用新诗和律诗比较，得出的结论是：

（1）律诗永远只有一个格式，但是新诗的格式是层出不穷的。

（2）律诗的格律与内容不发生关系，新诗的格律是根据内容的精神制造成的。

（3）律诗的格式是别人替我们定的，新诗的格式可以由我们自己的意匠来随时构造。

今天，在新诗的创作上又提出了形式问题，有人主张写旧体诗，有人主张写五七言，反而想把新诗的形式弄死，那么闻先生这些意见不是还很值得再作一次参考吗？而且，《死水》中的诗既用了各种比较整齐的形式，但诗的语言基本上还是白话的，是口语的，读起来琅琅上口，生动活泼，比较今天那些已经失掉了口语特色的诗歌，也似乎还略高一筹。闻先生确是偏重形式与技巧的，但以《死水》比《红烛》，由于在思想上比在美国时更向现实突进了一步，诗的内容也就更充实了。因此，他反对人家片面地说他是形式主义者，或说他只长于技巧。所以，当一九四三，在给克家的信里就提出了有力的抗辩，他说："你还口口声声随着别人人云亦云地说《死水》的作者只长于技巧。天呀，这冤枉从何处诉起！我真看不出我的技巧在哪里。假如我真有，我一定和你们一样，今天还在写诗。我只觉自己是座没有爆发的火山，火烧得我痛，却始终没有能力（就是技巧）炸开那禁锢我的地壳，放射出光和热来。只有少数跟我很久的朋友（如梦家）才知道我有火，并且就在《死水》里感觉出我的火来。"这虽然是事后的话，但确是事实。假如他只是一个形式主义者，他就不会写出像《文艺与爱国——纪念三月十八》那样的文章；像《死水》标志着比《红烛》更向前突进了一步一样，《文艺与爱国》也标志着比《女神之地方色彩》更向前突进了一步。他在《文艺与爱国》中说：

> 我希望爱自由，爱正义，爱理想的热血要流在天安门，流在铁狮子胡同，但也要流在笔尖，流在纸上。

并且更进一步说：

> 并且同情心发达到极点，刺激来得强，反动也来得强，也许有时仅仅一点文字上的表现还不够，那便非现身说法不可了。

单从这一点看，闻先生在思想，文艺，行动，各方面似乎都可以统一起来了，似乎这里已经没有什么矛盾。然而事情却并不这么简单。由于当时的闻先生还没有接触到新的国家学说，不知道所谓"国家"乃是一种阶级斗争的工具，他的爱国主义还是抽象的，因此他"已与醒狮诸团体携手组织了北京国家主义联合会"，而且想用《大江季刊》来实践国家主义（见一九二六年《与友人书》），并于一九二七年大革命时，应邓演达之邀而到武汉政府工作，然而他当时并没有真正认识到群众的力量，也没有与广大的群众相结合，他是一个在书斋里和在象牙之塔里生活得很久的知识分子，面对着当前那样一个国家，在他眼里看起来简直是黑暗无边，无可奈何，因之他并没有循着直线向前发展，而是仍旧退回了书斋，而且钻入了故纸堆中。

这一钻下去就是十五六年之久。在这样长的时间里，他专心致力于古典研究，他虽然对于新诗还具有热爱，并帮助了几个青年诗人，他自己却很少写作了。一九三一年写了长诗《奇迹》，他的诗友们说这是他"三年不鸣，一鸣惊人"的奇迹，实际上却只是一种幻灭的表现罢了。这中间经过了"九一八"，"一二·九"，甚至"七七"也没有怎样惊动他。他实在在古籍中钻得太深了；然而也正因为钻得深，他才在这一方面获得了辉煌的成就，这就是全集中的大部分，以及尚未整理出版的一些遗稿。关于这些成就，郭沫若先生在《全集》序文中说："他那眼光的犀利，考察的赅博，立说的新颖而翔实，不仅是前无古人，恐怕还要后无来者的。"若说闻先生因不满现实而向过去逃避，固然也可以，然而这里也不是没有积极的意义，那就是他从前在《女神之地方色彩》中所说的，"我爱中国固因为它是我的祖国，而尤因他是有那种可敬爱的文化的国家"。他爱中国的文化，又不满意当前的现实，于是想向过去的文化中去发掘那些可敬爱的东西。后来，到了一九四三年在给克家的信里说得更清楚："我始终没有忘记除了我们的今天外，还有那二千年前的昨天。"而这种钻研"昨天"，也还是为了"今天"，更为了"明天"，这就是他在给克家的那封信里所说的：

　　因为经过十馀年故纸堆中的生活，我有了把握，看清了我们这民族，这文化的病症，我敢于开方了。单方的形式是什么——一部文学史（诗的史），或一首诗（史的诗），我不知道，也许什么也不是。……但我相信我的步骤没有错。你想不到我比任何人还恨

> 那故纸堆，正因为恨它，更不能不弄个明白，你诬枉
> 了我，当我是一个蠹鱼，不晓得我是杀蠹的芸香。

到了一九四四，四月三日，在西南联合大学的历史晚会上，他就更坚决地提出了要和青年人"里应外合"把那些"要不得"的旧东西打倒的口号。这就是他钻研了十几年的结果，由于爱中国的文化而埋头研究，结果却发现其中有很多"要不得"的东西，非打倒不可。但当闻先生说这些话的时候，那已是他另一次也就是他最后的一次转变了。

这最后一次的大转变是颇不容易的，因为他到底与现实生活脱离得太久了。"七七"对日抗战爆发之后，他随学校迁至南岳，据他自己说："半辈子的生活方式，究竟不容易改掉，暂时的扰乱，只能使它表面上起点变化，机会一来，它还是要恢复常态的。"（见《全集·年谱》六二页）可以想见其情形。甚至后来迁到了云南的蒙自，他还是"和在其他地方一样，总是成天不住地工作，几乎楼梯都不下，同事就把他住的那间楼房叫'何妨一下楼'，称他为'何妨一下楼主人'"（《年谱》六四页）。然而，现实的力量是强大的，本来就藏在《死水》里的火焰，终于在他的胸膛里燃烧起来了。在两个多月的徒步迁昆长征中，他已经看到了人民的困苦，在朝夕与青年相处中，他又恢复了童心，由期待抗战胜利而等来了节节失败，更使人痛心的是等来了反共反人民的内战，他看到国民党反动派的军官怎样对待那些寸步难行的伤病兵，而大骂"这太没人性！我再不管就没有人管了！"他知道了国民党反动派怎样欺骗青年去充当炮灰，他说："再不出来说句公道话，便是无耻的自

私。"他看得太多，他再也不能忍耐。而他自己的生活也穷困到了无以复加，当年在《剑匣》一诗中曾经写过：

> 晨鸡惊耸地叫着，
>
> 我在蛋白的曙光里工作，
>
> 夜晚人们都睡去，我还作着工——
>
> 烛光抹在我的直陡的额上，
>
> 好像紫铜色的晚霞
>
> 映在精赤的悬崖上一样。

他现在就是这样地工作着，然而他不是刻绘那光怪陆离的剑匣——那纯美的，纯艺术的象征，而是在篆刻着一块块的硬石头，在为人家刻图章，以勉强维持一家八口的生活了。过去，他在美国，受人家的歧视，但他还不懂得帝国主义的性质，他回到中国，看到封建军阀的专横，他也还不懂得封建主义的性质，现在他懂得了，皖南事变帮助他懂得了，《整风文献》等书更帮助他懂得了，而且给了他思想以领导，他懂得了"国家"的意义，他知道政治乃是阶级斗争。而且他认识了人民，认识了群众，知道了真理是属于人民大众的。那么这时候的闻先生有没有矛盾呢？当然有的，不但有，而且还可能是相当严重的矛盾。而且还可能是由于平日的无数小矛盾而集成的大矛盾。这就是从认识到实践，从把握了真理，到为真理而献身，从一个诗人学者而变成一个民主斗士中间的一个艰难过程，这从他闭户苦思七昼夜而后才得到解决，才决定了"现在只有一条路——革命！"就可以知道。这期间，他不再写诗，而写杂文，他是用了他写诗的手，刻石头的手，那么深刻有力地写那些充满了战斗精神的文字。这时候，他对于历史和文艺的看法也完全变了，代替了过去的笼统的"爱国主义"的立场，他站上了人民民主的革命立场。他赞美田间的诗，称之为"时代的鼓手"；赞美屈原，是"人民的诗人"；他指出了"文学的历史动向"，说"过去的记录里有未来的风色"；他说明"五四运动的历史法则"："现在封建势力正在嚣张的时候，可是人民也并没有闲着，代表人民愿望，发挥人民精神，唤醒人民力量的政治文化集团也都不缺少，满天乌云，高耸的树梢上已在沙沙发响，近了，更近了，暴风雨已经来到，一场苦斗是不能避免的。至于最后的胜利，放心吧——有历史给你做保证。"而他自己就站在这暴风雨的尖端，他站在群众中间，他走在群众前边，他在喊："今天，我们第一要停止内战，第二要停止内战，第三还是要停止内战！""我们第一是要民主，第二是要民主，第三还是要民主，非民主不能救人民，非民主不能救中国！"一个人喊不中用，领导了学生来喊。光是学生喊不中用，领导了社会青年来喊。光是喊还不中用，他加入了民主同盟，参与了实际行动。于是学生，社会青年，大学教授，文化工作者，工人，市民，万众一心，万口一声，喊出了要和平要团结要民主的呼声。跟着是宣言，通电，抗议，呼吁，大规模的时事晚会，演讲会，以及美术展览会，新诗朗诵会，文艺座谈会，营火会，舞蹈，话剧，各文化部门全被动员了，以至几千人几万人的大游行，一而再，再而三，轰轰烈烈，惊天动地，全国在响应了，法西斯在发抖了！飘拂的长髯，炯炯的眸子，破烂的长袍，带着一根白藤手杖：闻先生出现在每一个集会中，每一次游行中。他用激昂的情调，倾泻出生动有力的讲辞，使每一个听讲的人增加了信心，增加了勇气。"三一八"时代在《文艺与爱国》一文中所说的"非现身说法不可"，到这时候才真正实践了。给克家的信中所说的那座"没有爆发的火山"，现在真地爆发了，炸开了那个禁锢他的地壳，"放射出光和热来"。一九四四年的护国纪念大会上，闻先生在青年人的欢呼声中登台讲话，他严肃而沉重地喊道："因为要民主就必须打倒专制独裁！"于大游行完毕之后，他站在群众前面喊道："这是人民的力量，人民的力量是伟大的，无可抗拒的！人民的力量使反动者不寒而栗！"一九四五年十二月一日，国民党反动派用血腥的手段制造了"一二·一"惨案，闻先生说这是"中华民国建国以来最黑暗的一天"。在《一二·一运动始末记》中说：

> 愿四烈士的血是给新中国历史写下了最新的一页，愿它已经给民主的中国奠定了永久的基石，如果愿望不能立即实现的话，那么，就让未死的战士们踏着四烈士的血迹，再继续前进，并且不惜汇成更巨大的血流，直至在它面前，每一个糊涂的人都清醒起来，每一个怯懦的人都勇敢起来，每一个疲乏的人都振作起来，而每一个反动者战栗的倒下去！

一九四六年三月十八日，四烈士出殡的日子，闻先生在四五万人的行列前边走遍全城，当四烈士在西南联合大学安葬的时候，闻先生于暮色苍茫中站在墓前悲痛地宣誓：

> 我们一定要为死者复仇，要追捕凶手，追到天涯

海角，今生追不到，下一代追！

六月二十六日，民盟滇支部举行各界招待会，他在大会上宣布"民盟的性质与作风"，并说：

> 我们的手是干净的，没有血迹的，也永远不会有血迹的。我们就是要用这双干净的手拭去遍地的血迹，我们民主同盟的人是竭诚反对用和平以外的方法去解决国事的，所以我们反对内战，反对暴力，因为这些方法都是要把双手涂满了血迹的。

不料到了七月十一日，国民当反动派就又用他们的血手暗杀了闻先生的战友李公朴先生，他跑去抱住李先生的遗体，哭喊道："公朴没有死！公朴没有死！"朋友们劝他暂时避开，以防不测。他说："事已至此，我不出去，什么事都不能进行。怎样对得起死者？假如因为反动派的一枪就都畏缩不前地放下民主工作，以后叫谁还愿意参加民主运动，谁还信赖为民主工作的人？"七月十五日，他在云大至公堂李公朴夫人报告李先生死难经过大会上作了他最后一次的讲演，他像一头狮子似的怒吼道：

> 特务们，你们想想，你们还有几天？
>
> 反动派，你看见一个倒下去，可也看得见千万个继起的！
>
> 正义是杀不完的，因为真理永远存在！
>
> 争取民主和平是要付代价的，我们一每个人都像李先生一样，前脚跨出大门，后脚就不准备再跨进大门！

就在这一天的下午，他终于牺牲在美帝国主义的走狗，蒋匪帮的特务们所使用的美制无声手枪的攒射之中了！

这就是闻先生的道路，这就是他的千回百转的道路。道路是曲折的，但当他掌握了真理之后，他的道路就变成勇往直前的了。他的思想中也曾经充满了矛盾，但当他站稳了人民的立场之后，一切矛盾的都统一了起来，一切动摇的都肯定了起来。他的生活的道路是如此，他的文艺的道路也是如此。他曾经想作"艺术的忠臣"，而终于作了人民的忠臣，他不自杀于他自制的"剑匣"，而竟死于法西斯匪徒的枪弹。他早年的志愿曾是：

　　　　去啊！愿这腔珊瑚似的鲜血

　　　　染得成一朵无名的野花，

　　　　这阵热气又化些幽香给他，

　　　　好钻进些路人的心里烘着罢！（《红烛·志愿》）

在早年的另一首诗里，他的歌唱曾是：

　　　　走罢！再走上那没尽头的黑道罢！

　　　　唉！但是我受伤太厉害；

　　　　我的步子渐渐迟重了；

　　　　我的鲜红的生命，

　　　　渐渐染了脚下的枯草！（《红烛·我是一个流囚》）

结果：他的血并不只是染成一朵无名的野花，也不仅仅染了他脚下的枯草，而是染红了无数人的心，使千百万人站起来，为民主，为和平，为一个新的人民中国而斗争。

闻先生的才能是多方面的，只就文学艺术方面说，他是诗人，是画家，是雕刻家，是戏剧家，假如他倾其全力于这方面的工作，他在这些方面都可以有伟大的成就。然而他没有这样做，他却用他的生命和鲜血，写成了最壮丽的诗篇，雕绘了最好的英雄形象。

为人民而殉身的闻一多先生永垂不朽，他永远活在中国人民的心里。他的文艺工作也将永垂不朽，因为这是他为中国人民所作的事业的一部分。

一九五〇年十月二十二日，北京。

目 次

文 选

诗 选

红　烛

"蜡炬成灰泪始干"

——李商隐

红烛啊！
这样红的烛！
诗人啊！
吐出你的心来比比，
可是一般颜色？

红烛啊！
是谁制的蜡——给你躯体？
是谁点的火——点着灵魂？
为何更须烧蜡成灰，
然后才放光出？
一误再误；
矛盾！冲突！

红烛啊！

不误，不误！
原是要"烧"出你的光来——
这正是自然底方法。

红烛啊！
既制了，便烧着！
烧罢！烧罢！
烧破世人底梦，
烧沸世人底血——
也救出他们的灵魂，
也捣破他们的监狱！

红烛啊！
你心火发光之期，
正是泪流开始之日。

红烛啊！
匠人造了你，
原是为烧的。
既已烧着，
又何苦伤心流泪？
哦！我知道了！
是残风来侵你的光芒，
你烧得不稳时，

才着急得流泪!

红烛啊!
流罢! 你怎能不流呢?
请将你的脂膏,
不息地流向人间,
培出慰藉底花儿,
结成快乐的果子!

红烛啊!
你流一滴泪, 灰一分心。
灰心流泪你的果,
创造光明你的因。

红烛啊!
"莫问收获, 但问耕耘。"

剑 匣

I built my soul a lordly pleasure-house,
Wherein at ease for aye to dwell.
…………

And 'While the world runs round and round,' I said,
'Reign thou apart, a quiet king,
Still as, while Saturn whirls, his steadfast shade
Sleeps on his luminous ring,'
To which my soul made answer readily:
'Trust me in bliss I shall abide
In this great mansion, that is built for me,
So royal-rich and wide.'

——Tennyson.

在生命底大激战中，
我曾是一名盖世的骁将。
我走到四面楚歌底末路时，
并不同项羽那般顽固，
定要投身于命运底罗网。

但我有这绝岛作了堡垒，
可以永远驻扎我的退败的心兵。
在这里我将养好了我的战创，
在这里我将忘却了我的仇敌。

在这里我将作个无名的农夫，
但我将让闲惰底芜蔓
蚕食了我的生命之田。
也许因为我这肥泪底无心的灌溉，
一旦芜蔓还要开出花来呢？
那我就镇日徜徉在田塍上，
饱喝着他们的明艳的色彩。

我也可以作个海上的渔夫：
我将撒开我的幻想之网。
在寥阔的海洋里；
在放网收网之间，
我可以坐在沙岸上做我的梦，
从日出梦到黄昏……
假若撒起网来，不是一些鱼虾，
只有海树珊瑚同含胎的老蚌，
那我却也喜出望外呢。

有时我也可佩佩我的旧剑，

踱进山去作个樵夫。
但群松舞着葱翠的干戚，
雍容地唱着歌儿时，
我又不觉得心悸了。
我立刻套上我的宝剑，
在空山里徘徊了一天。
有时看见些奇怪的彩石，
我便拾起来，带了回去；
这便算我这一日底成绩了。

但这不是全无意识的。
现在我得着这些材料，
我真得其所了；
我可以开始我的工匠生活了，
开始修葺那久要修葺的剑匣。

我将摊开所有的珍宝，
陈列在我面前，
一样样的雕着，镂着，
磨着，重磨着……
然后将他们都镶在剑匣上，——
用我的每出的梦作蓝本，
镶成各种光怪陆离的图画。

我将描出白面美髯的太乙
卧在粉红色的荷花瓣里，
在象牙雕成的白云里飘着。
我将用墨玉同金丝
制出一只雷纹镶嵌的香炉；
那炉上炷着袅袅的篆烟，
许只可用半透明的猫儿眼刻着。
烟痕半消未灭之处，
隐约地又升起了一个玉人，
仿佛是肉袒的维纳司呢……
这块玫瑰玉正合伊那肤色了。

晨鸡惊耸地叫着，
我在蛋白的曙光里工作，
夜晚人们都睡去，我还作着工——
烛光抹在我的直陡的额上，
好像紫铜色的晚霞
映在精赤的悬崖上一样。

我又将用玛瑙雕成一尊梵像，
三首六臂的梵像，
骑在鱼子石的象背上。
珊瑚作他口里含着的火，
银线辫成他腰间缠着的蟒蛇，

他头上的圆光是块琥珀的圆璧。

我又将镶出一个瞎人，
在竹筏上弹着单弦的古瑟。
（这可要镶得和王叔远底
桃核雕成的《赤壁赋》一般精细。）
然后让翡翠，蓝珲玉，紫石瑛，
错杂地砌成一片惊涛骇浪；
再用碎砾的螺钿点缀着，
那便是涛头闪目的沫花了。
上面再笼着一张乌金的穹窿，
只有一颗宝钻的星儿照着。

青草绿了，绿上了我的门阶，
我同春一块儿工作着；
蟋蟀在我床下唱着秋歌，
我也唱着歌儿作我的活。

我一壁工作着，一壁唱着歌：
我的歌里的律吕
都从手指尖头流出来，
我又将他制成层叠的花边：
有盘龙，对凤，天马，辟邪底花边，
有芝草，玉莲，卍字，双胜底花边，

又有各色的汉纹边
套在最外的一层边外。

若果边上还缺些角花，
把蝴蝶嵌进去应当恰好。
玳瑁刻作梁山伯，
璧玺刻作祝英台，
碧玉，赤瑛，白玛瑙，蓝琉璃，……
拼成各种彩色的凤蝶。
于是我的大功便告成了！

哦，我的大功告成了！
你不要轻看了我这些工作！
这些不伦不类的花样，
你该知道不是我的手笔，
这都是梦底原稿底影本。
这些不伦不类的色彩，
也不是我的意匠底产品，
是我那芜蔓底花儿开出来的。
你不要轻看了我这些工作哟！

哦，我的大功告成了！
我将抽出我的宝剑来——
我的百炼成钢的宝剑，

吻着他，吻着他……
吻去他的锈，吻去他的伤疤；
用热泪洗着他，洗着他……
洗净他上面的血痕，
洗净他罪孽底遗迹；
又在龙涎香上薰着他，
薰去了他一切腥膻的记忆。
然后轻轻把他送进这匣里，
唱着温柔的歌儿，
催他快在这艺术之宫中酣睡。

哦，哦，我的大功告成了！
我的大功终于告成了！
人们的匣是为保护剑底锋芒，
我的匣是要藏他睡觉的。
哦，我的剑匣修成了，
我的剑有了永久的归宿了！

哦，我的剑要归寝了！
我不要学轻佻的李将军，
拿他的兵器去射老虎，
其实只射着一块僵冷的顽石。
哦，我的剑要归寝了！
我也不要学迂腐的李翰林，

拿他的兵器去割流水，
一壁割着，一壁水又流着。
哦，我的兵器只要韬藏，
我的兵器只要酣睡。
我的兵器不要斩芟奸横，
我知道奸横是僵冷的顽石一堆；
我的兵器也不要割着愁苦，
我知道愁苦是割不断的流水。

哦，我的大功告成了！
让我的宝剑归寝了！
我岂似滑头的汉高祖，
拿宝剑斫死了一条白蛇，
因此造一个谣言，
就骗到了一个天下？
哦！天下，我早已得着了啊！
我早坐在艺术底凤阙里，
像大舜皇帝，垂裳而治着
我的波希米亚的世界了啊！
哦！让我的宝剑归寝罢！
我又岂似无聊的楚霸王，
拿宝剑斫掉多少的人头，
一夜梦回听着恍惚的歌声，
忽又拥着爱姬，抚着名马，

提起原剑来刎了自己的颈颈？

哦！但我又不妨学了楚霸王，
用自己的宝剑自杀了自己。
不过果然我要自杀，
定不用这宝剑底锋芒。
我但愿展玩着这剑匣——
展玩着我这自制的剑匣，
我便昏死在他的光彩里！

哦，我的大功告成了！
我将让宝剑在匣里睡着觉，
我将摩抚着这剑匣，
我将宠媚着这剑匣——
看看缠着神蟒的梵像，
我将巍巍地抖颤了，
看看筏上鼓瑟的瞎人，
我将号咷地哭泣了；
看看睡在荷瓣里的太乙，
飘在篆烟上的玉人，
我又将迷迷地嫣笑了呢！

哦，我的大功告成了！
我将让宝剑在匣里睡着。

我将看着他那光怪的图画，
重温我的成形的梦幻，
我将看着他那异彩的花边，
再唱着我的结晶的音乐。

啊！我将看着，看着，看着，
看到剑匣战动了，
模糊了，更模糊了，
一个烟雾弥漫的虚空了，……

哦！我看到肺脏忘了呼吸，
血液忘了流驶，
看到眼睛忘了看了。
哦！我自杀了！
我用自制的剑匣自杀了！
哦哦！我的大功告成了！

回　顾

九年底清华底生活，
回头一看——
是秋夜里一片沙漠，
却露着一颗萤火，
越望越光明，
四围是迷茫莫测的凄凉黑暗。
这是红惨绿娇的暮春时节：
如今到了荷池——
寂静底重量正压着池水
连面皮也皱不动——
一片死静！
忽地里静灵退了，
镜子碎了，
个个都喘气了。
看！太阳底笑焰——一道金光，
滤过树缝，洒在我额上；
如今义和替我加冕了，
我是全宇宙底王！

志　愿

马路上歌啸的人群，
泛滥横流着，
好比一个不羁的青年底意志。

银箔似的溪面一意地
要板平他那难看的皱纹。
两岸底绿杨争着
迎接视线到了神秘的尽头——
原来那里是尽头？
是视线底长度不够！

啊！主呀！我过了那道桥以后，
你将怎样叫我消遣呢？
主啊！愿这腔珊瑚似的鲜血
染得成一朵无名的野花，
这阵热气又化些幽香给他，
好攒进些路人底心里烘着罢！

只要这样，切莫又赏给我

这一幅腥秽的躯壳！

主呀！你许我吗？许了我罢！

失　败

从前我养了一盆宝贵的花儿，
好容易孕了一个苞子，
但总是半含半吐的不肯放开。
我等发了急，硬把他剥开了，
他便一天萎似一天，萎得不像样了。
如今我要他再关上不能了。
我到底没有看见我要看的花儿！

从前我做了一个稀奇的梦，
我总嫌他有些太模糊了，
我满不介意，让他震破了；
我醒了，直等到月落，等到天明，
重织一个新梦既织不成，
便是那个旧的也补不起来了。
我到底没有做好我要做的梦！

贡　臣

我的王！我从远方来朝你，
带了满船你不认识的
但是你必中意的贡礼。
我兴高采烈地航到这里来，
哪里知道你的心……唉！
这是一个涸了的海港！
我悄悄地等着你的爱潮膨涨，
好浮进我的重载的船艘；
月儿圆了几周，花儿红了几度，
还是老等，等不来你的潮头！
我的王！他们讲潮汐有信，
如今叫我怎样相信他呢？

死

啊！我的灵魂底灵魂！
我的生命底生命，
我一生底失败，一生底亏欠，
如今要都在你身上补足追偿，
但是我有什么
可以求于你的呢？

让我淹死在你眼睛底汪波里！
让我烧死在你心房底熔炉里！
让我醉死在你音乐底琼醪里！
让我闷死在你呼吸底馥郁里！
不然，就让你的尊严羞死我！
让你的酷冷冻死我！
让你那无情的牙齿咬死我！
让那寡恩的毒剑螫死我！

你若赏给我快乐，

我就快乐死了；

你若赐给我痛苦，

我也痛苦死了；

死是我对你唯一的要求，

死是我对你无上的贡献。

一九二二，四。

宇　宙

宇宙是个监狱，
但是个模范监狱；
他的目的在革新，
并不在惩旧。

国　手

爱人啊！你是个国手；
我们来下一盘棋；
我的目的不是要赢你，
但只求输给你——
将我的灵和肉
输得干干净净！

香　篆

辗转在眼帘前，
萦回在鼻观里，
锤旋在心窝头——

心爱的人儿啊！
这样清幽的香，
只堪供祝神圣的你：

我祝你黛发长青！
又祝你朱颜长姣！
同我们的爱万寿无疆！

艺术底忠臣

无数的人臣，仿佛真珠
攒在艺术之王底龙衮上，
一心同赞御容底光采；
其中只有济慈一个人
是群龙拱抱的一颗火珠，
光芒赛过一切的珠子。

诗人底诗人啊！
满朝底冠盖只算得
些艺术底名臣，
只有你一人是个忠臣。
"美即是真，真即美。"
我知道你那栋梁之材，
是单给这个真命天子用的；
别的分疆割据，属国偏安，
哪里配得起你哟！

啊！"鞠躬尽瘁，死而后已"：
真个做了艺术底殉身者！
忠烈的亡魂啊！
你的名字没写在水上，①
但铸在圣朝底宝鼎上了！

① "水上"见济慈底"Ode to a grecian uin"。济慈自撰的墓铭曰："这儿有一个人底名字写在水上了！"

初夏一夜底印象

一九二二年五月直奉战争时

夕阳将诗人交付给烦闷的夜了，
叮咛道："把你的秘密都吐给他了罢！"

紫穹窿下洒着些碎了的珠子——
诗人想：该穿成一串挂在死底胸前。

阴风底冷爪子刚扒过饿柳底枯发，
又将池里的灯影儿扭成几道金蛇。

贴在山腰下佝偻得可怕的老柏，
拿着黑瘦的拳头硬和太空挑衅。

失睡的蛙们此刻应该有些倦意了，
但依旧努力地叫着水国底军歌。

个个都吠得这般沉痛，村狗啊！
为什么总骂不破盗贼底胆子？

嚼火漱雾的毒龙在铁梯上爬着，
驮着灰色号衣的战争，吼的要哭了。

铜舌的报更的磬，屡次安慰世界，
请他放心睡去，……世界哪肯信他哦！

上帝啊，眼看着宇宙糟蹋到这样，
可也有些寒心吗？仁慈的上帝哟！

忆　菊

重阳前一日作

....

插在长颈的虾青瓷的瓶里，
六方的水晶瓶里的菊花，
攒在紫藤仙姑篮里的菊花；
守着酒壶的菊花，
陪着螯盏的菊花；
未放，将放，半放，盛放的菊花。

镶着金边的绛色的鸡爪菊；
粉红色的碎瓣的绣球菊！
懒慵慵的江西腊哟；
倒挂着一饼蜂窠似的黄心，
仿佛是朵紫的向日葵呢。
长瓣抱心，密瓣平顶的菊花；
柔艳的尖瓣攒蕊的白菊
如同美人底蜷着的手爪，

拳心里攫着一撮儿金粟。

檐前，阶下，篱畔，圃心底菊花：

霭霭的淡烟笼着的菊花，

丝丝的疏雨洗着的菊花，——

金底黄，玉底白，春酿底绿，秋山底紫，……

剪秋萝似的小红菊花儿；

从鹅绒到古铜色的黄菊；

带紫茎的微绿色的"真菊"

是些小小的玉管儿缀成的，

为的是好让小花神儿

夜里偷去当了笙儿吹着。

大似牡丹的菊王到底奢豪些，

他的枣红色的瓣儿，铠甲似的，

张张都装上银白的里子了；

星星似的小菊花蕾儿

还拥着褐色的萼被睡着觉呢。

啊！自然美底总收成啊！

我们祖国之秋底杰作啊！

啊！东方底花，骚人逸士底花呀！

那东方底诗魂陶元亮

不是你的灵魂底化身罢？
那祖国底登高饮酒的重九
不又是你诞生底吉辰吗？

你不像这里的热欲的蔷薇，
那微贱的紫萝兰更比不上你。
你是有历史，有风俗的花。
啊！四千年的华胄底名花呀！
你有高超的历史，你有逸雅的风俗！

啊！诗人底花呀！我想起你，
我的心也开成顷刻之花，
灿烂的如同你的一样；
我想起你同我的家乡，
我们的庄严灿烂的祖国，
我的希望之花又开得同你一样。

习习的秋风啊！吹着，吹着！
我要赞美我祖国底花！
我要赞美我如花的祖国！
请将我的字吹成一簇鲜花，
金底黄，玉底白，春酿底绿，秋山底紫，……
然后又统统吹散，吹得落英缤纷，
弥漫了高天，铺遍了大地！

秋风啊！习习的秋风啊！
我要赞美我祖国底花！
我要赞美我如花的祖国！

一九二二，一〇。

秋之末日

和西风酗了一夜的酒，
醉得颠头跌脑，
洒了金子扯了锦绣，
还呼呼地吼个不休。

奢豪的秋，自然底浪子哦！
春夏辛苦了半年，
能有多少的积蓄，
来供你这般地挥霍呢？
如今该要破产了罢！

烂　果

我的肉早被黑虫子咬烂了。
我睡在冷辣的青苔上，
索性让烂的越加烂了，
只等烂穿了我的核甲，
烂破了我的监牢，
我的幽闭的灵魂，
便穿着豆绿的背心，
笑迷迷地要跳出来了！

色　彩

生命是张没价值的白纸，
自从绿给了我发展，
红给了我情热，
黄教我以忠义，
蓝教我以高洁，
粉红赐我以希望，
灰白赠我以悲哀；
再完成这帧彩图，
黑还要加我以死。
从此以后，
我便溺爱于我的生命，
因为我爱他的色彩。

红　豆

一四

我把这些诗寄给你了，
这些字你若不全认识，
那也不要紧。
你可以用手指
轻轻摩着他们，
像医生按着病人的脉，
你许可以试出
他们紧张地跳着，
同你心跳底节奏一般。

一九

我是只惊弓的断雁，
我的嘴要叫着你，

又要衔着芦苇，

保障着我的生命。

我真狼狈哟！

三〇

他们削破了我的皮肉，

冒着险将伊的枝儿

强蛮地插在我的茎上。

如今我虽带着瘘肿的疤痕，

却开出从来没开过的花儿了。

他们是怎样狠心的聪明啊！

但每回我瞟出看花的人们

上下抛着眼珠儿，

打量着我的茎儿时，

我的脸就红了！

一九二二，一二。

（以上选自全集丁集诗集《红烛》）

口　供

我不骗你，我不是什么诗人，
纵然我爱的是白石的坚贞，
青松和大海，鸦背驮着夕阳，
黄昏里织满了蝙蝠的翅膀。
你知道我爱英雄，还爱高山，
我爱一幅国旗在风中招展，
自从鹅黄到古铜色的菊花。
记着我的粮食是一壶苦茶！

可是还有一个我，你怕不怕？——
苍蝇似的思想，垃圾桶里爬。

大鼓师

我挂上一面豹皮的大鼓，
我敲着它游遍了一个世界，
我唱过了形形色色的歌儿，
我也听饱了喝不完的彩。
一角斜阳倒挂在檐下，
我蹑着芒鞋，踏入了家村。
"咱们自己的那只歌儿呢？"
她赶上前来，一阵的高兴。

我会唱英雄，我会唱豪杰，
那倩女情郎的歌，我也唱，
若要问到咱们自己的歌，
天知道，我真说不出的心慌！

我却吞下了悲哀，叫她一声，
"快拿我的三弦来，快呀快！
这只破鼓也忒嫌闹了，我要

那弦子弹出我的歌儿来。"

我先弹着一群白鸽在霜林里，
珊瑚爪儿踩着黄叶一堆；
然后你听那秋虫在石缝里叫，
忽然又变了冷雨洒着柴扉。

洒不尽的雨，流不完的泪，……
我叫声"娘子"！把弦子丢了，
"今天我们拿什么作歌来唱？
歌儿早已化作泪儿流了！

"怎么？怎么你也抬不起头来？
啊！这怎么办，怎么办！……
来！你来！我兜出来的悲哀，
得让我自己来吻它干。

"只让我这样呆望着你，娘子，
像窗外的寒蕉望着月亮，
让我只在静默中赞美你，
可是总想不出什么歌来唱。

"纵然是刀斧削出的连理枝，
你瞧，这姿势一点也没有扭。

我可怜的人，你莫疑我，
我原也不怪那挥刀的手。

"你不要多心，我也不要问，
山泉到了井底，还往哪里流？
我知道你永远起不了波澜，
我要你永远给我润着歌喉。

"假如最末的希望否认了孤舟，
假如你拒绝了我，我的船坞！
我战着风涛，日暮归来，
谁是我的家，谁是我的归宿？

"但是，娘子啊！在你的尊前，
许我大鼓三弦都不要用；
我们委实没有歌好唱，我们
既不是儿女，又不是英雄！"

　　　　　　　　　　　　　　　　一九二五，三。

你莫怨我

你莫怨我！
这原来不算什么，
人生是萍水相逢，
让他萍水样错过。
你莫怨我！

你莫问我！
泪珠在眼边等着，
只须你说一句话，
一句话便会碰落。
你莫问我！

你莫惹我！
不要想灰上点火，
我的心早累倒了，
最好是让它睡着，
你莫惹我！

你莫碰我，
你想什么，想什么？
我们是萍水相逢，
应得轻轻的错过。
你莫碰我！

你莫管我！
从今加上一把锁；
再不要敲错了门，
今回算我撞的祸。
你莫管我！

也许——葬歌

也许你真是哭得太累，
也许，也许你要睡一睡，
那么叫夜鹰①不要咳嗽，
蛙不要号，蝙蝠不要飞，

不许阳光拨②你的眼帘，
不许清风刷上你的眉，
无论谁都不能③惊醒你，
撑一伞松阴庇④护你睡，

也许你听这⑤蚯蚓翻泥，

①　原作"苍鹭"，今据先生选诗订正本改。
②　原作"攒"，今据先生选诗订正本改。
③　原作"许"，今据先生选诗订正本改。
④　原作"我吩咐山灵保"六字，今据先生选诗订正本改。
⑤　原作"着"，今据先生选诗订正本改。

听这小草的根须吸水，①
也许你听这般的音乐
比那咒骂的人声更美；

那么你先把眼皮闭紧，
我就让你睡，我让你睡，
我把黄土轻轻盖着你，
我叫纸钱儿缓缓的飞。

---

① 原作"听那细草的根儿吸水"，今据先生选诗订正本改。

死　水

这是一沟绝望的死水，
清风吹不起半点漪沦。
不如多扔些破铜烂铁，
爽性泼你的剩菜残羹。

也许铜的要绿成翡翠，
铁罐上锈出几瓣桃花；
再让油腻织一层罗绮，
霉菌给他蒸出些云霞。

让死水酵成一沟绿酒，
飘满了珍珠似的白沫；
小珠们笑声变成大珠，①
又被偷酒的花蚊咬破。

---

① 原作"小珠笑一声变成大珠"，今据先生选诗订正本改。

那么一沟绝望的死水，①
也就夸得上几分鲜明。
如果青蛙耐不住寂寞，
又算死水叫出了歌声。

这是一沟绝望的死水，
这里断不是美的所在，
不如让给丑恶来开垦，
看他造出个什么世界。

一九二五，四。

---

① 原作"望绝的一沟"，今据先生选诗订正本改。

静　夜①

这灯光，这灯光，漂白了的四壁；

这贤良的桌椅，朋友似的亲密；

这古书的纸香一阵阵的袭来；

要好的茶杯贞女一般的洁白；

受哺的小儿接呷在母亲怀里，

鼾声报道我大儿康健的消息⋯⋯

这神秘的静夜，这浑圆的和平，

我喉咙里颤动着感谢的歌声。

但是歌声马上又变成了诅咒，

静夜！我不能，不能受你的贿赂。

谁稀罕你这墙内尺方的和平！

我的世界还有更辽阔的边境。

这四墙既隔不断战争的喧嚣，

你有什么方法禁止我的心跳？

最好是让这口里塞满了沙泥，

---

① 原题《心跳》，据先生选诗订正本改。

如其它只会唱着个人的休戚，
最好是让这头颅给田鼠掘洞，
让这一团血肉也去喂着尸虫，
如果只是为了一杯酒，一本诗，
静夜里钟摆摇来的一片闲适，
就听不见了你们四邻的呻吟，
看不见寡妇孤儿抖颤的身影，
战壕里的痉挛，疯人咬着病榻，
和各种惨剧在生活的磨子下。
幸福！我如今不能受你的私贿，
我的世界不在这尺方的墙内。
听！又是一阵炮声，死神在咆哮。
静夜！你如何能禁止我的心跳？

一个观念①

你隽永的神秘，你美丽的谎，
你倔强的质问，你一道金光，
一点儿亲密的意义，一股火，
一缕缥缈的呼声，你是什么？
我不疑，这因缘一点也不假，
我知道海洋不骗他的浪花。
既然是节奏，就不该抱怨歌。
啊，横暴的威灵，你降伏了我，
你降伏了我！你绚缦的长虹——
五千多年的记忆，你不要动，
如今我只问怎样抱得紧你……
你是那样的横蛮，那样美丽！

---

① 此诗与下首《发现》，先生选诗本改题《诗二首》。

发　现

我来了，我喊一声，迸着血泪，
"这不是我的中华，不对不对！"
我来了，因为我听见你叫我；
鞭着时间的罡风，擎一把火，
我来了，不知道是一场空喜。
我会见的是噩梦，哪里是你？
那是恐怖，是噩梦挂着悬崖，
那不是你，那不是我的心爱！
我追问青天，逼迫八面的风，
我问，（拳头擂着大地的赤胸，）①
总问不出消息；我哭着叫你，
呕出一颗心来，——在我心里！②

----

① （　）据先生选诗订正本加。
② 在字上原有"你"字，据先生选诗订正本删改作——。

祈　祷

请告诉我谁是中国人，
启示我，如何把记忆抱紧；
请告诉我这民族的伟大，
轻轻的告诉我，不要喧哗，

请告诉我谁是中国人，
谁的心里有尧舜的心，
谁的血是荆轲聂政的血，
谁是神农黄帝的遗孽。

告诉我那智慧来得离奇，
说是河马献来的馈礼；
还告诉我这歌声的节奏，
原是九苞凤凰的传授。

谁告诉我戈壁的沉默，
和五岳的庄严？又告诉我

泰山的石溜还滴着忍耐，
大江黄河又流着和谐？

再告诉我，那一滴清泪
是孔子吊唁死麟的伤悲？
那狂笑也得告诉我才好，——
庄周淳于髡东方朔的笑。

请告诉我谁是中国人，
启示我，如何把记忆抱紧；
请告诉我这民族的伟大，
轻轻的告诉我，不要喧哗！

一句话

有一句话说出就是祸，
有一句话能点得着火。
别看五千年没有说破，
你猜得透火山的缄默？
说不定是突然着了魔，
突然青天里一个霹雳
爆一声：
"咱们的中国！"

这话叫我今天怎么说？
你不信铁树开花也可，
那么有一句话你听着：
等火山忍不住了缄默，
不要发抖，伸舌头，顿脚
等到青天里一个霹雳
爆一声：
"咱们的中国！"

荒　村

　　……临淮关梁园镇间一百八十里之距离，已完全断绝人烟。汽车道两旁之村庄，所有居民逃避一空。农民之家具木器，均以绳相连，沉于附近水塘稻田中，以避火焚。门窗俱无，中以棺材或石堵塞。一至夜间则灯火全无。鸡犬豕等觅食野间，亦无人看守。而间有玫瑰芍药犹墙隅自开。新出稻秧，翠蔼宜人。草木无知，其斯之谓欤！

　　　　　　　　——民国十六年五月十九日《新闻报》

　　　　他们都上哪里去了？怎么
　　　　虾蟆蹲在甑上，水瓢里开白莲；
　　　　桌椅板凳在田里堰里漂着；
　　　　蜘蛛的绳桥从东屋往西屋牵？
　　　　门框里嵌棺材，窗棂里镶石块！
　　　　这景象是多么古怪多么惨！
　　　　镰刀让它锈着快锈成了泥，
　　　　抛着整个的鱼网在灰堆里烂。
　　　　天呀，这样的村庄都留不住他们！

玫瑰开不完，荷叶长成了伞；
秧针这样尖，湖水这样绿，
天这样青，鸟声像露珠样圆。
这秧是怎样绿的，花儿谁叫红的？
这泥里和着谁的血，谁的汗？
去得这样的坚决，这样的脱洒，
可有什么苦衷，许了什么心愿？
如今可有人告诉他们：这里
猪在大路上游，鸭往猪群里攒，
雄鸡踏翻了芍药，牛吃了菜——
告诉他们太阳落了，牛羊不下山，
一个个的黑影在岗上等着，
四合的峦嶂龙蛇虎豹一般，
它们望一望，打了一个寒噤，
大家低下头来，再也不敢看；
（这也得告诉他们）它们想起往常
暮寒深了，白杨在风里颤，
那时只要站在山头嚷一句，
山路太险了，还有主人来挽；
然后笛声送它们踏进栏门里，
那稻草多么香，屋子多么暖！
它们想到这里，滚下了一滴热泪，
大家挤作一堆，脸偎着脸……
去！去告诉它们主人，告诉他们，

什么都告诉他们，什么也不要瞒！
叫他们回来！叫他们回来！
问他们怎么自己的牲口都不管？
他们不知道牲口是和小儿一样吗？
可怜的畜生它们多么没有胆！
喂！你报信的人也上哪里去了？
快去告诉他们——告诉王家老三，
告诉周大和他们兄弟八个，
告诉临淮关一带的庄稼汉，
还告诉那红脸的铁匠老李，
告诉独眼龙，告诉徐半仙，
告诉黄大娘和满村庄的妇女！
告诉他们这许多的事，一件一件。
叫他们回来，叫他们回来！
这景象是多么古怪多么惨！
天呀！这样的村庄留不住他们；
这样一个桃源，瞧不见人烟！

罪　过

老头儿和担子摔一跤，
满地是白杏儿红樱桃。
老头儿爬起来直哆嗦，
"我知道我今日的罪过！"
"手破了，老头儿你瞧瞧。"
"唉！都给压碎了，好樱桃！"

"老头儿你别是病了罢？
你怎么直楞着不说话？"
"我知道我今日的罪过，
一早起我儿子直催我。
我儿子躺在床上发狠，
他骂我怎么还不出城。

"我知道今日个不早了，
想到一下子睡着了。
这叫我怎么办，怎么办？

回头一家人怎么吃饭?"
老头儿拾起来又掉了,
满地是白杏儿红樱桃。

天安门

好家伙！今日可吓坏了我！
两条腿到这会儿还哆嗦。
瞧着，瞧着，都要追上来了，
要不，我为什么要那么跑？
先生，让我喘口气，那东西，
你没有瞧见那黑漆漆的，
没脑袋的，蹽腿①的，多可怕，
还摇晃着白旗儿说着话⋯⋯
这年头真没法办，你问谁？
真是人都办不了，别说鬼。
还开会啦，还不老实点儿！
你瞧，都是谁家的小孩儿，
不才十来岁儿吗？干吗的！
脑袋瓜上不是使枪轧的？
先生，听说昨日又死了人，

---

① 原作"脚"，据先生选诗订正本改。

管包死的又是傻学生们。
这年头儿也真有那怪事，
那学生们有的喝，有的吃，——
咱二叔头年死在杨柳青，
那是饿的没法儿去当兵，——
谁拿老命白白的送阎王！
咱一辈子没撒过谎，我想
刚灌上俩子儿油，一整勺，
怎么走着走着瞧不见道。
怨不得小秃子吓掉了魂，
劝人黑夜里别走天安门。
得！就算咱拉车的活倒霉，
赶明日北京满城都是鬼！

一九二五，三。

飞毛腿

我说飞毛腿那小子也真够瘪扭，
管包是拉了半天车得半天歇着，
一天少了说也得二三两白干儿，
醉醺醺的一死儿拉着人谈天儿。
他妈的谁能陪着那个小子混呢？
"天为啥是蓝的？"没事他该问你。
还吹他妈什么箫，你瞧那副神儿，
窝着件破棉袄，老婆的，也没准儿，
再瞧他擦着那车上的俩大灯罩，
擦着擦着问你曹操有多少人马。
成天儿车灯车把且擦且不完啦，
我说"飞毛腿你怎不擦擦脸啦？"
可是飞毛腿的车擦得真够亮的，
许是得擦到和他那心地一样的！
嗐！那天河里漂着飞毛腿的尸首，……
飞毛腿那老婆死得太不是时候。

洗衣歌

洗衣是美国华侨最普遍的职业，因此留学生常常被人问道："你爸爸是洗衣裳的吗?"①

（一件，两样，三件，）
洗衣要洗干净！
（四件、五件，六件，）
熨衣要熨得平！

我洗得净悲哀的湿手帕，
我洗得白罪恶的黑汗衣，
贪心的油腻和欲火的灰，……
你们家里一切的脏东西，
交给我洗，交给我洗。

铜是那样臭，血是那样腥，

---

① 此下原有四十二字，今据先生选诗订正本删。

脏了的东西你不能不洗，
洗过了的东西还是得脏，
你忍耐的人们理它不理？
替他们洗！替他们洗！

你说洗衣的买卖太下贱，
肯下贱的只有唐人不成？
你们的牧师他告诉我说：
耶稣的爸爸做木匠出身，
你信不信？你信不信？

胰子白水耍不出花头来，
洗衣裳原比不上造兵舰。
我也说这有什么大出息——
流一身血汗洗别人的汗？
你们肯干？你们肯干？

年去年来一滴思乡的泪，
半夜三更一盏洗衣的灯……
下贱不下贱你们不要管，
看哪里不干净哪里不平，
问支那人，问支那人。

我洗得净悲哀的湿手帕，

我洗得白罪恶的黑汗衣，

贪心的油腻和欲火的灰，

你们家里一切的脏东西，

交给我——洗，交给我——洗。

（一件，两件，三件，）

洗衣要洗干净！

（四件，五件，六件，）

熨衣要熨得平！

（以上选自全集丁集诗集《死水》）

奇　迹

我要的本不是火齐的红，或半夜里
桃花潭水的黑，也不是琵琶的幽怨，
蔷薇的香，我不曾真心爱过文豹的矜严，
我要的婉娈也不是任何白鸽所有的。
我要的本不是这些，而是这些的结晶，
比这一切更神奇得万倍的一个奇迹！
可是，这灵魂是真饿得慌，我又不能
让他缺着供养，那么，即便是糟糠，
你也得募化不是？天知道，我不是
甘心如此，我并非倔强，亦不是愚蠢，
我是等你不及，等不及奇迹的来临！
我不敢让灵魂缺着供养，谁不知道
一树蝉鸣，一壶浊酒，算得了什么；
纵提到烟峦，曙壑，或更璀璨的星空，
也只是平凡，最无所谓的平凡，犯得着
惊喜得没主意，喊着最动人的名儿，
恨不得黄金铸字，给装在一只歌里？

我也说但为一阕莺歌便噙不住眼泪

那未免太支离，太玄了，简直不值当。

谁晓得，我可不能不那样：这心是真

饿得慌，我不能不节省点，把藜藿

权当作膏粱。

可也不妨明说，只要你——

只要奇迹露一面，我马上就抛弃平凡，

我再不瞅着一张霜叶梦想春花的艳，

再不浪费这灵魂的脊力，剥开顽石

来诛求白玉的温润，给我一个奇迹，

我也不再去鞭挞着"丑"，逼他要

那分背面的意义；实在我早厌恶了

这些勾当，这附会也委实是太费解了。

我只要一个明白的字，舍利子似的闪着

宝光；我要的是整个的，正面的美。

我并非倔强，亦不是愚蠢，我不会看见

团扇，悟不起扇后那天仙似的人面。

那么

我便等着，不管等到多少轮回以后——

既然当初许下心愿，也不知道是在多少

轮回以前——我等，我不抱怨，只静候着

一个奇迹的来临。总不能没有那一天

让雷来劈我，火山来烧，全地狱翻起来

扑我，……害怕吗？你放心，反正罡风

吹不息灵魂的灯，愿这蜕壳化成灰烬，

不碍事，因为那，那便是我的一刹那

一刹那的永恒——一阵异香，最神秘的

肃静，（日，月，一切星球的旋动早被

喝住，时间也止步了）最浑圆的和平……

我听见阊阖的户枢砉然一响，

传来一片衣裙的窸窣——那便是奇迹——

半启的金扉中，一个戴着圆光的你！

一九三一，一。

（以上选自全集辛集《现代诗钞》）

文选

女神之地方色彩

　　现在的一般新诗人——新是作时髦解的新——似乎有一种欧化的狂癖，他们的创造中国新诗底鹄的，原来就是要把新诗作成完全的西文诗（有位作者曾在《诗》里讲道，他所谓后期底作品"已与以前不同而和西洋诗相似"，他认为这是新诗底一步进程，……是件可喜的事）。《女神》不独形式十分欧化，而且精神也十分欧化的了。《女神》当然在一般人的眼光里要算新诗进化期中已臻成熟的作品了。

　　但是我从头到今，对于新诗的意义似乎有些不同。我总以为新诗径直是"新"的，不但新于中国固有的诗，而且新于西方固有的诗；换言之，它不要作纯粹的本地诗，但还要保存本地的色彩，它不要做纯粹的外洋诗，但又尽量的吸收外洋诗的长处；他要效中西艺术结婚后产生的宁馨儿。我以为诗同一切的艺术应是时代的经线，同地方纬线所编织成的一匹锦：因为艺术不管它是生活的批评也好，是生命的表现也好，总是从生命产生出来的，而生命又不过时间与空间两个东西底势力所遗下的脚印罢了。在寻常的方言中有"时代精神"同"地方色彩"两个名词，艺术家又常讲自创力（originality），各作家有各作家的时代与地方，各团体有各团体的时代与地方，各不皆同；这样自创力自然有发生的可能了。我们的新诗人若时时不忘我们的"今时"同我们的"此地"，我们自会有了自创力，我们的作品自既不同于今日以前的旧艺术，又不同于中国以外的洋艺术。这个然后才是我们翘望默祷的新艺术了！

我们的旧诗大体上看来太没有时代精神的变化了，从唐朝起，我们的诗发育到成年时期了，以后便似乎不大肯长了，直到这回革命以前，诗底形式同精神还差不多是当初那个老模样（词曲同诗相去实不甚远，现行的新诗却大不同了）。不独艺术为然，我们底文化底全体也是这样，好像吃了长生不老的金丹似的。新思潮底波动便是我们需求时代精神的觉悟。于是一变而矫枉过正，到了如今，一味的时髦是骛，似乎又把"此地"两字忘到踪影不见了。现在的新诗中有的是"德谟克拉西"，有的是泰果尔，亚坡罗，有的是"心弦""洗礼"等洋名词。但是，我们的中国在哪里？我们四千年的华胄在哪里？哪里是我们的大江，黄河，昆仑，泰山，洞庭，西子？又哪里是我们的《三百篇》，《楚骚》，李，杜，苏，陆？《女神》关于这一点还不算罪大恶极，但多年的时候在他的抒情的诸作里并不强似别人。《女神》中所用的典故，西方的比中国的多多了，例如 Apollo，Venus，Cupid，Pacchus，Prometheus，Hygeia，……是属于神话的；其馀属于历史的更不胜枚举了。《女神》中底西洋的事物名词处处都是，数都不知从哪里数起，凤凰涅槃底凤凰是天方国底"菲尼克斯"，并非中华的凤凰。诗人观画观的是 Millet 底 Shepherdess，赞像赞的是 Beethoven 底像。

他所羡慕的工人是炭坑里的工人，不是人力车夫。他听鸡声，不想着笛簧的律吕而想着 orchestra 底音乐。地球底自转公转，在他看来，"就好像一个跳着舞的女郎"，太阳又"同那月桂冠儿一样"。他的心思分驰时，他又"好像个受着磔刑的耶稣"。他又说他的胸中像个黑奴。当然，《女神》产生的时候，作者是在一个盲从欧化的日本，他的环境当然差不多是西洋环境，而且他读的书又是西洋的书；无怪他所见闻，所想念的都是西洋的东西。但我还以为这是一个非常的例子，差不多是个畸形的情况。若我在郭君底地位，我定要用一种非常的态度去应付，节制这种非常的情况。那便是我要时时刻刻想着我是个中国人，我要做新诗，但是中国的新诗，我并不要做个西洋人说中国话，也不要人们误会我的作品是翻译的西文诗；那么我著作时，庶不致这样随便了。郭君是个不相信"做"诗的人，我也不相信没有得着诗的灵感者就可以从揉炼字句中作出好诗来。但郭君这种过于欧化的毛病也许就是太不"做"诗的结果。选择是创造艺术的程序中最紧要的一层手续，自然的不都是美的；美不是现成的。其实没有选择便没有艺术，因为那样便无以鉴别美丑了。

《女神》还有一个最明显的缺憾，那便是诗中夹用可以不用的西洋文字了。《雪朝》《演奏会上》两首诗径直是中英合璧了，我们以为很多的英文字实没有用原文底必要，如 pantheism, thythm, energy, disillusion, orchestra, pioneer 都不是完全不能翻译的，并且有的在本集中他处已经用过译文的。实在很多次数，他用原文，并非因为意义不能翻译的关系，乃因音节关系，例如——

　　　我是全宇宙底 energy 底总量。

　　像这种地方的的确确是兴会到了，信口而出，到了那地方似乎为音节的圆满起见，一个单音是不够的，于是就以"恩勒结"（energy）三个音代"力"底一个音。无论作者有意地欧化诗体，或无意地失于检点，这总是有点讲不大过去的。这虽是小地方，但一个成熟的艺术家，自有馀裕的精力顾到这里，以谋其作品之完美。所以我的批评也许不算过分吧？

　　我前面提到《女神》之薄于地方色彩底原因是在其作者所居的环境。但环境从来没有对于艺术产品之性质负过完全责任，因为单是环境不能产生艺术。所以我想日本底环境固应对《女神》的内容负一分责任，但此外定还有别的关系。这个关系我疑心或者就是《女神》之作者对于中国文化之隔膜。我们前篇已经看到《女神》怎样富于近代精神。近代精神——即西方文化——不幸得很，是同我国的文化根本背道而驰的；所以一个人醉心于前者定不能对于后者有十分的同情与了解。《女神》底作者，这样看来，定不是对于我国文化真能了解，深表同情者。我们看他回到上海，他只看见——

　　　游闲的尸，淫嚣的肉，长的男袍，短的女袖，满
　　目都是骷髅，满街都是灵柩，乱闯，乱走。

　　其实他哪知道"满目骷髅""满街灵柩"的上海实在就是西方文化遗下的罪孽？受了西方底毒的上海其实又何异于受了西方底毒的东京，横滨，长崎，神户呢？不过这些日本都市受毒受的更彻底一点罢了。但是，这一段闲话是节外生枝，我的

本意是要指出《女神》底作者对于中国只看见他的坏处，看不
见他的好处。他并不是不爱中国，而他确是不爱中国的文化。
我个人同《女神》底作者底态度不同之处是在：我爱中国固因
他是我的祖国，而尤因他是有他那种可敬爱的文化的国家；
《女神》之作者爱中国，只因他是他的祖国，因为是他的祖国，
便有那种不能引他敬爱的文化，他还是爱他。爱祖国是情绪底
事，爱文化是理智底事。一般所提倡的爱国专有情绪的爱就够
了；所以没有理智的爱并不足以诟病一个爱国之士。但是我们
现在讨论的另是一个问题，是理智上爱国之文化底问题（或精
辨之，这种不当称爱慕而当称鉴赏）。

　　爱国的情绪见于《女神》中的次数极多，比别人的集中都
多些。《棠棣之花》《炉中煤》《晨安》《浴海》《黄浦江口》都
可以作证。但是他鉴赏中国文化底地方少极了，而且不彻底，
在《巨炮之教训》里他借托尔斯泰底口气说道——

　　　　我爱你是中国人。我爱你们中国的墨与老。
在《西湖纪游》里他又称赞——

　　　　那几个肃静的西人一心在校勘原稿。
但是既真爱老子，为什么又要作"飞奔"，"狂叫"，"燃烧"的
天狗呢？为什么又要吼着——

　　　　啊啊！不断的毁坏，不断的创造，不断的努力
　　哟！（《立在地球边上放号》）

　　　　我崇拜创造的精神，崇拜力，崇拜血，崇拜心
　　脏，我崇拜炸弹，崇拜悲哀，崇拜破坏；（《我是个偶
　　像崇拜者》）

我要看你"自我"底爆裂开出血红的花来哟!

（《新阳关三叠》）

我不知道他到底是个什么主张。但我只觉得他喊着创造，破坏，反抗，奋斗的声音，比——

倡道慈，俭，不敢先底三宝

底声音大多了，所以我就决定他的精神还是西方的精神。再者，他所歌讴的东方人物如屈原，聂政，聂嫈，都带几分西方人底色彩。他爱庄子是为他的泛神论，而非为他的全套的出世哲学。他所爱的老子恐怕只是托尔斯泰所爱的老子。墨子底学说本来很富于西方的成分，难怪他也不反对。

《女神》底作者既这样富于西方的激动底精神，他对于东方的恬静底美当然不大能领略，《密桑索罗普之夜歌》是个特别而且奇怪的例外。《西湖纪游》不过是自然美之鉴赏，这种鉴赏同鉴赏太宰府，十里松原底自然美，没有什么分别。

有人提倡什么世界文学。那么不顾地方色彩的文学就当有了托辞了吗？但这件事能不能是个问题，宜不宜又是个问题。将世界各民族底文学都归成一样的，恐怕文学要失去好多的美。一样颜色画不成一幅完全的画，因为色彩是绘画的一样要素。将各种文学并成一种，便等于将各种颜色合成一种黑色，画出一张 sketch 来。我不知道一幅彩画同一幅单色的 sketch 比，哪样美观些。西谚曰："变化是生活底香料。"真要建设一个好的世界文学，只有各国文学充分发展其地方色彩，同时又贯以一种共同的时代精神，然后并而观之，各种色料虽互相差异，却又互相调和，这便正符那条艺术底金科玉臬"变异中之一律"了。

以上我所批评《女神》之处，非特《女神》为然，当今诗坛之名将莫不皆然，只是程度各有深浅罢了。若求纠正这种毛病，我以为一桩，当恢复我们对于旧文学底信仰，因为我们不能开天辟地（事实与理论上是万不可能的），我们只能够并且应当在旧的基础上建设新的房屋。二桩，我们更应了解我们东方的文化。东方的文化是绝对的美的，是韵雅的。东方的文化而且又是人类所有的最彻底的文化。哦！我们不要被叫嚣犷野的西人吓倒了！

> 东方的魂哟！
> 雍容温厚的东方的魂哟！
> 不在檀香炉上袅袅的轻烟里了
> 虔祷的人们还膜拜些什么？
>
> 东方的魂哟！
> 通灵洁彻的东方的魂哟！
> 不在幽篁的疏影里了，
> 虔祷的人们还供奉着些什么？（梁实秋）

原载《创造周报》第五号，一九二二，一二。

文艺与爱国

——纪念三月十八

铁狮子胡同大流血之后《诗刊》就诞生了，本是碰巧的事，但是谁能说《诗刊》与流血——文艺与爱国运动之间没有密切的关系？

"爱国精神在文学里，"我让德林克瓦特讲，"可以说是与四季之无穷感兴，与美的逝灭，与死的逼近，与对妇人的爱，是一种同等重要的题目。"爱国精神之表现于中外文学里已经是层出不穷，数不胜数了。爱国运动能够和文学复兴互为因果，我只举最近的一个榜样——爱尔兰，便是明确的证据。

我们的爱国运动和新文学运动何尝不是同时发轫的？他们原来是一种精神的两种表现。在表现上两种运动一向是分道扬镳的。我们也可以说正因为他们没有携手，所以爱国运动的收效既不大，新文学运动的成绩也就有限了。

爱尔兰的前例和我们自己的事实已经告诉我们了：这两种运动合起来便能够互收效益，分开来定要两败俱伤。所以《诗刊》的诞生刚刚在铁狮子胡同大流血之后，本是碰巧的；我却希望大家要当他不是碰巧的，我希望爱自由，爱正义，爱理想的热血要流在天安门，流在铁狮子胡同，但是也要流在笔尖，流在纸上。

同是一个热烈的情怀，犀利的感觉，见了一片红叶掉下地来，便要百感交集，"泪浪滔滔"，见了十三龄童的赤血在地下踩成泥浆子，反而漠然无动于衷。这是不是不近人情？我并不要诗人替人道主义同一切的什么主义捧场。因为讲到主义便是成见了。理性铸成的成见是艺术的致命伤；诗人应该能超脱这一点。诗人应该是一张留声机的片子，钢针一碰着他就响。他自己不能决定什么时候响，什么时候不响。他完全是被动的。他是不能自主，不能自救的。诗人做到了这个地步，便包罗万有，与宇宙契合了。换句话说，就是所谓伟大的同情心——艺术的真源。

并且同情心发达到极点，刺激来得强，反动也来得强，也许有时仅仅一点文字上的表现还不够，那便非现身说法不可了。所以陆游一个七十衰翁要"泪洒龙床请北征"，拜伦要战死在疆场上了。所以拜伦最完美，最伟大的一首诗，也便是这一死。所以我们觉得诸志士们三月十八日的死难不仅是爱国，而且是伟大的诗。我们若得着死难者的热情的一部分，便可以在文艺上大成功；若得着死难者的热情的全部，便可以追他们的踪迹，杀身成仁了。

因此我们就将《诗刊》开幕的一日最虔诚的献给这次死难的志士们了！

原载《北平晨报》副刊，一九二六年四月一日。

"烙印"序

克家催我给他的诗集作序，整催了一年。他是有理由的。便拿《生活》一诗讲，据许多朋友说，并不算克家的好诗，但我却始终极重视它，而克家自己也是这样的，我们这意见的符合，可以证实，由克家自己看来，我是最能懂他的诗了。我现在不妨明说，《生活》确乎不是这集中最精彩的作品，但却有令人不敢亵视的价值，而这价值也便是这全部诗集的价值。

克家在《生活》里说：

这可不是混着好玩，这是生活。

这不啻给他的全集下了一道案语，因为克家的诗正是这样——不是"混着好玩"，而是"生活"。其实只要你带着笑脸，存点好玩的意思来写诗，不愁没有人给你叫好。所以作一首寻常所谓好诗，不是最难的事。但是，作一首有意义的，在生活上有意义的诗，却大不同。克家的诗，没有一首不具有一种极顶真的生活的意义。没有克家的经验，便不知道生活的严重。

一万枝暗箭埋伏在你周边

伺候你一千回小心里一回的不检点。

这真不是好玩的。然而他偏要

> 嚼着苦汁营生，
>
> 像一条吃巴豆的虫。

他咬紧牙关和磨难苦斗，他还说：

> 同时你又怕克服了它，
>
> 来一阵失却对手的空虚。

这样生活的态度不够宝贵的吗？如果为保留这一点，而忽略了一首诗的外形的完美，谁又能说是不合算？克家的较坏的诗既具有这种不可亵视的实质，他的好诗，不用讲，更不是寻常的好诗所能比拟的了。

所谓有意义的诗，当前不是没有。但是，没有克家自身的"嚼着苦汁营生"的经验，和他对这种经验的了解，单是嚷嚷着替别人的痛苦不平，或怂恿别人自己去不平，那至少往往像是一种"热气"，一种浪漫的姿势，一种英雄气概的表演，若更往坏处推测，便不免有伤厚道了。所以，克家的最有意义的诗，虽是《难民》《老哥哥》《炭鬼》《神女》《贩鱼郎》《老马》《当炉女》《洋车夫》《歇牛工》，以至《不久那么一天》和《天火》等篇，但是若没有《烙印》和《生活》一类的作品作基础，前面那些诗的意义便单薄了，甚至虚伪了。人们对于一件事，往往有追问它的动机的习惯（他们也实在有这权利），对于诗，也是这样。当我们对于一首诗的动机（意识或潜意识的）发生疑问的时候，我很担心那首诗还有多少存在的可能性。读克家的诗，这种疑问永不会发生，为的是《烙印》和《生活》一类的诗给我们担保了。我再从历史中举一个例。如作"新乐府"的白居易，虽嚷嚷得很响，但究竟还是那位香山居士的闲情逸致的冗力（surplus energy）的一种舒泄，所以他的嚷嚷实际只等于猫儿哭耗子。孟郊并没有作过成套的"新乐府"，他如果哭，还是为他自身的穷愁而哭的次数多，然而他的态度，沉着而有锋棱，却最合于一个伟大的理想的条件。除了时代背景所产生的必然的差别不算，我拿孟郊来比克家，再适当不过了。

谈到孟郊，我于是想起所谓好诗的问题。（这一层是我要对另一种人讲的！）孟郊的诗，自从苏轼以来，是不会被人真诚的认为上品好诗的。站在苏轼的立场上看孟郊，当然不顺眼，所以苏轼诋毁孟郊的诗。我并不怪他。我只怪他为什么不索性野蛮一点，硬派孟郊所作的不是诗，他自己的才是。因为这样，问题倒简单了。既然他们是站在对立而且不两立的地位，那么，苏轼可以拿他的标准抹煞孟郊，我们何尝不可以拿孟郊的标准否认苏轼呢？即令苏轼和苏轼的传统有优先权占用"诗"字，好了，让苏轼去他的，带着他的诗去！我们不要诗了。我们只要生活，生活磨出来的力，像孟郊所给我们的，是"空螯"也好，是"蜇吻涩齿"或"如嚼木瓜，齿缺舌敝，不知味之所在"也好，我们还是要吃，因为那才可以磨炼我们的力。

哪怕是毒药，我们更该吃，只要它能增加我们的抵抗力。至于苏轼的丰姿，苏轼的天才，如果有人不明白那都是笑话，是罪孽，早晚他自然明白了。早晚诗也会

扣一下脸，来一个奇怪的变！
一千馀年前孟郊已经给诗人们留下了预言。

克家如果跟着孟郊的指示走去，准没有错。纵然像孟郊似的，没有成群的人给叫好，那又有什么关系？反正诗人不靠市价作诗。克家千万不要忘记自己的责任。

一九三三年七月，闻一多谨识。

"西南采风录"序

正在去年这时候，学校由长沙迁昆明，我们一部分人组织了一个湘黔滇旅行团，徒步西来，沿途分门别类收集了不少材料。其中歌谣一部分，共计二千多首，是刘君兆吉一个人独力采集的。他这种毅力实在令人惊佩。现在这些歌谣要出版行世了，刘君因我当时会挂名为这部分工作的指导人，要我在书前说几句话。我惭愧对这部分材料在采集工作上，毫未尽力，但事后却对它发生了极大兴趣。一年以来，总想下番工夫把它好好整理一下，但因种种关系，终未实行。这回书将出版，答应刘君作序，本拟将个人对这材料的意见先详尽的写出来，作为整理工作的开端，结果又一再因事耽延，不能实现。这实在不但对不起刘君，也辜负了这宝贵材料。然而我读过这些歌谣，曾发生一个极大感想，在当前这时期，却不能不尽先提出请国人注意。

在都市街道上，一群群乡下人从你眼角滑过，你的印象是愚鲁，迟钝，畏缩，你万想不到他们每颗心里都自有一段骄傲，他们男人的憧憬是：

　　快刀不磨生黄锈，

> 胸膛不挺背要驼。（安南）

女子所得意的是：

> 斯文滔滔讨人厌，
>
> 庄稼粗汉爱死人；
>
> 郎是庄稼老粗汉，
>
> 不是白脸假斯文。（贵阳）

他们何尝不要物质的享乐，但鼠窃狗偷的手段，都是他们所不齿的：

> 吃菜要吃白菜头，
>
> 跟哥要跟大贼头；
>
> 睡到半夜钢刀响，
>
> 妹穿绫罗哥穿绸。（盘县）

哪一个都市人，有气魄这样讲话或设想？

> 生要恋来死要恋，
>
> 不怕亲夫在眼前。
>
> 见官犹如见父母，
>
> 坐牢犹如坐花园。（盘县）
>
> 火烧东山大松林，
>
> 姑爷告上丈人门；
>
> 叫你姑娘快长大，
>
> 我们没有看家人。（宣威）
>
> 马摆高山高又高，
>
> 打把火钳插在腰。
>
> 哪家姑娘不嫁我，

　　　　关起四门放火烧。

你说这是原始，是野蛮。对了，如今我们需要的正是它。我们文明得太久了，如今人家逼得我们没有路走，我们该拿出人性中最后最神圣的一张牌来，让我们那在人性的幽暗角落里伏蛰了数千年的兽性跳出来反噬他一口。打仗本不是一种文明姿态，当不起什么"正义感""自尊心"为国家争人格"一类的奉承，干脆的是人家要我们的命，我们是豁出去了，是困兽犹斗。如今是千载一时的机会，给我们试验自己血中是否还有着那只狰狞的动物，如果没有，只好自认是个精神上"天阉"的民族，休想在这地面上混下去了。感谢上苍，在前方姚子青，八百壮士，每个在大地上或天空中粉身碎骨了的男儿，在后方几万万以"睡到半夜钢刀响"为乐的"庄稼老粗汉"，已经保证了我们不是"天阉"！如果我们是一个乐观主义者，我的根据就只这一点。我们能战，我们渴望一战而以得到一战为至上的愉快。至于胜利，那是多么泄气的事，胜利到了手，不是搏斗的愉快也得终止，"快刀"又得"生黄锈"了吗？还好，还好，四千年的文化，没有把我们都变成"白脸斯文人"！

　　　　　　　　　一九三九年三月五日，闻一多序。
　　　　　　　　　（以上选自全集丁集《诗与批评》）

端节的历史教育

　　端午那天孩子们问起粽子的起源，我当时虽乘机大讲了一顿屈原，心里却在暗笑，恐怕是帮同古人撒谎罢。不知道是为了谎的教育价值，还是自己图省事和藏拙，反正谎是撒过了，并且相当成功，因为看来孩子们的好奇心确乎得到了相当的满足。可是，孩子们好奇心的终点，便是自己好奇心的起点。自从那天起，心里常常转着一个念头：如果不相信谎，真又是甚么呢？端午真正的起源，究竟有没有法子知道呢？最后我居然得到了线索，就在那谎里。

　　　　屈原五月五日投汨罗而死，楚人哀之，每至此日，以竹筒贮米投水祭之。汉建武中，长沙欧回白日忽见一人自称大夫，谓曰："君常见祭，甚善。但常所遗，苦为蛟龙所窃。今若有意，可以楝树叶塞其上，仍以五彩丝约缚之。此二物蛟龙所惮也。"回依其言。世人作粽，并带五彩丝及楝叶，皆汨罗之遗风也。（《续齐谐记》）

　　这传说是如何产生的，下文再谈，总之是不可信。倒是"常所遗（粽子）苦为蛟龙所窃"这句话，对于我的疑窦，不失为一个宝贵的消息。端午节最主要的两个节目，无疑是竞渡和吃粽子。这里你就该注意，竞渡用的龙舟，粽子投到水里常为蛟龙所窃，两个主要节目都与龙有关，假如不是偶合的话，恐怕整个端午节中心的意义，就该向龙的故事里去探寻罢。这是第一点。据另一传说，竞渡的风俗起于越王勾践，那也不可靠，不过吴越号称水国，说竞渡本是吴越一带的土风，总该离事实不远。这是第二点。一方面端午的两个主要节目都与龙有关，一方面至少两个节目之一，与吴越的关系特别深，如果我们再能在吴越与龙之间找出联系来，我们的问题不就解决了吗？

　　吴越与龙究竟有没有联系呢？古代吴越人"断发文身"，是我们熟知的事实。这习俗的意义，据当时一位越国人自己的解释，是"处海垂之际，……而龙又叹与我争焉，是以剪发文身，烂然成章，以像龙子者，将以避水神也"（《说苑奉使篇》记诸发语）。所谓"水神"便是蛟龙。原来吴越都曾经自认为蛟龙的儿子（龙子），在那个大前提下，他们想，蛟龙是害人的东西，不错，但决不会残杀自己的"骨肉"。所以万一出了岔子，责任不该由蛟龙负，因为他们相信，假若人们样子也长的和蛟龙一样，让蛟龙到眼就认识是自己的族类，哪会有岔子出呢？这样盘算的结果，他们便把头发剪短了，浑身刺着花纹，尽量使自己真像一个"龙子"，这一来他们心里便踏实了，觉得安全具有保障。这便是吴越人断发文身的全部理论。这种十足的图腾主义式的心理，我在别处还有更详细的分析与说明。现在应该注意的是，我们在上文所希望的吴越与龙的联系，事实上确乎存在。根据这联系推下去，我想谁都会得到这样一个结论：端午本是吴越民族举行图腾祭的节日，而赛龙舟便是这祭仪中半宗教半社会性的娱乐节目。至于将粽子投到水中，本意是给蛟龙享受的，那就不用讲了。总之，端午是个龙的节日，它的起源还在屈原以前——不知道多远呢！

据《风俗通》和《荆楚岁时记》，五月五日，古代还有以彩丝系臂，名曰"长命缕"的风俗。我们疑心彩丝系臂便是文身的变相。一则《国策》有"祝发文身错臂，瓯越之民也"的话（《赵策》二）。可见文身术应用的主要部分之一是两臂。二则文身的目的，上文已讲过，是给生命的安全作保障。彩丝系臂，在形式上既与错臂的文身术有类似的效果，而"长命缕"这名称又证明了它也具有保障生命的功能，所以我们说彩丝系臂是古代吴越人文身俗的遗留，也是不会有大错。于是我又恍然大悟，如今小孩们身上挂着五彩丝线缠的，或彩色绸子扎的，或染色麦草编的，种种光怪陆离的小玩意儿，原来也都是文身的替代品。文身是"以像龙子"的。竞渡与吃粽子，上文已说过，都与龙有关，现在我们又发现彩丝系臂的背景也是龙，这不又给端午是龙的节日添了一条证据么？我看为名副其实，这节日干脆叫"龙子节"得了。

我在上文好像揭穿了一个谎。但在那揭谎的工作中，我并不是没有怀着几分惋惜的心情。我早已提到谎有它的教育价值，其实不等到谎被揭穿之后，我还不觉得谎的美丽。如果明年孩子们再谈起粽子的起源，我想，我的话题还是少不了这个谎，不，我将在讲完了真之后，再告诉他们谎中的真。我将这样说：

"吃粽子这风俗真古得很啊！它的起源恐怕至少在四五千年前。那时人们的文化程度很低。你们课本中有过海南岛黎人的插图吗？他们正是那样，浑身刺绣着花纹，满脸的狞恶像。但在内心里，他们实在是很可怜的。那时的人在自然势力威胁之下，常疑心某种生物或无生物有着不可思议的超自然力量，因此他们就认定那东西为他们全族的祖先兼保护神，这便是现代术语所谓'图腾'。凡属于某一图腾族的分子，必在自己身体上和日常用具上，刻画着该图腾的形状，以图强化自己和图腾间的联系，而便于获得图腾的保护。古代吴越民族是以龙为图腾的，为表示他们'龙子'的身份，借以巩固本身的被保护权，所以有那断发文身的风俗。一年一度，就在今天，他们要举行一次盛大的图腾祭，将各种食物，装在竹筒，或裹在树叶里。一面往水里扔，献给图腾神吃，一面也自己吃。完了，还在急鼓声中（那时许没有锣）划着那刻画成龙形的独木舟，在水上作竞渡的游戏，给图腾神，也给自己取乐。这一切，表面上虽很热闹，骨子里却只是在一副战栗的心情下，吁求着生命的保障，所以从冷眼旁观者看来，实在是很悲的。这便是最古端午节的意义。

"一二千年的时间过去了，由于不断的暗中摸索，人们稍稍学会些控制自然的有效方法，自己也渐渐有点自信心，于是对他们的图腾神，态度渐渐由献媚的，拉拢的，变为恫吓的，抗拒的，（人究竟是个狡猾的东西！）最后他居然从幼稚的，草昧的图腾文化挣扎出来了，以至几乎忘掉有过那么回事。好了，他现在立住脚跟了，进步相当的快。人们这时赛龙舟，吃粽子，心情虽还有些紧张，但紧张中却带着点胜利的欢乐意味。他们如今是文明人啊！我们所熟习的春秋时代的吴越，便是在这个文化阶段中。

"但是，莫忙乐观！刚刚对于克服自然有点把握，人又发现了第二个仇敌——他自己。以前人的困难是怎样求生，现在生大概不成问题，问题在怎样生得光荣。光荣感是个良心问题，然而要晓得良心是随罪恶而生的。时代一入战国，人们造下的罪孽想是太多了，屈原的良心担负不起，于是不能生得光荣，便毋宁死，于是屈原便投了汨罗！是呀，仅仅求生的时代早过去了，端午这节日也早失去了意义。从越国到今天，应该是怎样求生得光荣的时代，如果我们还要让这节日存在，就得给他装进一个我们时代所需要的意义。

"但为这意义着想，哪有比屈原的死更适当的象征？是谁首先撒的谎，说端午节起于纪念屈原，我佩服他那无上的智慧！端午，以求生始，以争取生得光荣的死终，这谎中有无限的真！"

准备给孩子们讲的话，不妨到此为止。纵然这番意思，孩子还不大懂，但迟早是应当让他们懂得的。是不是？

一九四三，七。

（选自全集甲集《神话与诗》）

时代的鼓手

——读田间的诗

鼓——这种韵律的乐品，是一切乐器的祖宗，也是一切乐器中之王。音乐不能离韵律而存在，它便也不能离鼓的作用而存在。鼓象征了音乐的生命。

提起鼓，我们便想到了一串形容词：整肃，庄严，雄壮，刚毅和粗暴，急躁，阴郁，深沉……鼓是男性的，原始男性的，它蕴藏着整个原始男性的神秘。它是最原始的乐器，也是最原始的生命情调的喘息。

如其鼓的声律是音乐的生命，鼓的情绪便是生命的音乐。音乐不能离鼓的声律而存在，生命也不能离鼓的情绪而存在。

诗与乐一向是平行发展着的。正如从敲击乐器到管弦乐器是韵律的音乐发展到旋律的音乐，从三四言到五七言也是韵律的诗发展到旋律的诗。音乐也好，诗也好，就声律说，这是进步。可痛惜的是，声律进步的代价是情绪的萎顿。在诗里，一如在音乐里，从此以后以管弦的情绪代替了鼓的情绪，结果都是"靡靡之音"。这感觉的愈趋细致，乃是感情愈趋脆弱的表征，而脆弱感情不也就是生命疲困，甚或衰竭的症兆吗！二千年来古旧的历史，说来太冗长。单说新诗的历史，打头不是没有一阵朴质而健康的鼓的声律与情绪，接着依然是"靡靡之音"的传统，在舶来品的商标的伪装之下，支配了不少的年月。疲困与衰竭的半音，似乎比历史上任何时期都变本加厉了的风行着。那是宿命，是历史发展的必然阶段吗？也许。但谁又叫新生与震奋的时代来得那样突然，箫声，琴声（甚至是无弦琴弦），自然配合不上流血与流汗的工作。于是忙乱中，新派，旧派，人人都设法拖出一面鼓来，你可以想象一片潮湿而发霉的声响，在那壮烈的场面中，显得如何的滑稽！它给你的印象仍然是疲困与衰竭。它不是激励，而是揶揄，侮蔑这战争。

于是，忽然碰到这样的声响，你便不免吃一惊：

"多一颗粮食，

　就多一颗消灭敌人的枪弹！"

听到吗

这是好话哩！

听到吗

我们

要赶快鼓励自己底心

到地里去！

要地里

长出麦子，

要地里

　　长出小米；

　　拿这东西

　　当作

　　持久战的武器。

　　（多一些！

　　多一些！）

　　多点粮食，

　　就多点胜利。（田间：《多一些》）

这里没有"弦外之音"，没有"绕梁三日"的馀韵，没有半音，没有玩任何"花头"，只是一句句朴质，干脆，真诚的话，（多么有斤两的话！）简短而坚实的句子，就是一声声的"鼓点"，单调，但是响亮而沉重，打入你耳中，打在你心上。你说这不是诗，因为你的耳朵太熟习于"弦外之音"……那一套，你的耳朵太细了。

　　你看，——

　　他们底

　　仇恨的

　　力，

　　他们底

　　仇恨的

　　血，

　　他们底

　　仇恨的

　　歌，

握在

手里。

握在

手里，

要洒出来……

几十个，

很响地

——在一块；

几十个

远远地，

——在一块

回旋……

狂蹈……

耸起的

筋骨

凸出的

皮肉，

挑负着

——种族的

疯狂

种族的

咆哮，……（田间：《人民底舞》）

　　这里便不只鼓的声律，还有鼓的情绪。这是鞍之战中晋解张用他那流着鲜血的手，抢过主帅手中的槌来擂出的鼓声，是祢衡那喷着怒火的"渔阳掺挝"，甚至是，如诗人 Robert Lindsey 在《刚果》中，剧作家 Eugene O'Neil 在《琼斯皇帝》中所描写的，那非洲土人的原始鼓，疯狂，野蛮，爆炸着生命的热与力。

　　这些都不算成功的诗（据一位懂诗的朋友说，作者还有较成功的诗，可惜我没见到）。但它所成就的那点，却是诗的先决条件——那便是生活欲，积极的，绝对的生活欲。它摆脱了一切诗艺的传统手法，不排解，也不粉饰，不抚慰，也不麻醉，它不是那捧着你在幻想中上升的迷魂音乐。它只是一片沉着的鼓声，鼓舞你爱，鼓动你恨，鼓励你活着，用最高限度的热与力活着，在这大地上。

　　当这民族历史行程的大拐弯中，我们得一鼓作气来渡过危机，完成大业。这是一个需要鼓手的时代，让我们期待着更多的"时代的鼓手"出现。至于琴师，乃是第二步的需要，而且目前我们有的是绝妙的琴师。

一九四三，一一。

（选自全集丁集《诗与批评》）

给臧克家先生

克家：

　　如果再不给你回信，那简直是铁石心肠了。但没有回信，一半固然是懒，一半也还有些别的理由，你们作诗的人老是这样窄狭，一口咬定世上除了诗什么也不存在。有比历史更伟大的诗篇吗？我不能想象一个人不能在历史（现代也在内，因为它是历史的延长）里看出诗来，而还能懂诗。在你所常诅咒的那故纸堆内讨生活的人原不止一种，正如故纸堆中可讨的生活也不限于一种。你不知道我在故纸堆中所做的工作是什么，它的目的何在，因为你跟我的时候，我的工作才刚开始。（这可说是你的不幸吧！）你知道我是不肯马虎的人。从青岛时代起，经过了十几年，到现在，我的"文章"才渐渐上题了，于是你听见说我谈田间，于是不久你在重庆还可以看见我的《文学的历史动向》，在《当代评论》四卷一期里，和其他将要陆续发表的文章在同类的刊物里。近年来我在联大的圈子里声音喊得很大，慢慢我要向圈子外喊去，因为经过十馀年故纸堆中的生活，我有了把握，看清了我们这民族，这文化的病症，我敢于开方了。单方的形式是什么——一部文学史（诗的史），或一首诗（史的诗），我不知道，也许什么也不是。最终的单方能否形成，还要靠环境允许否，（想象四千元一担的米价和八口之家！）但我相信我的步骤没有错。你想不到我比任何人还恨那故纸堆，正因为恨它，更不能不弄个明白。你诬枉了我，当我是一个蠹鱼，不晓得我是杀蠹的芸香。虽然二者都藏在书里，他们的作用并不一样。这是我要抗辩的第一点。你还口口声声随着别人人云亦云的说《死水》的作者只长于技巧。天呀，这冤从何处诉起，我真看不出我的技巧在哪里。假如我真有，我一定和你们一样，今天还在写诗。我只觉得自己是座没有爆发的火山，火烧得我痛，却始终没有能力（就是技巧）炸开那禁锢我的地壳，放射出光和热来。只有少数跟我很久的朋友（如梦家）才知道我有火，并且就在《死水》里感觉出我的火来。说郭沫若有火，而不说我有火。不说戴望舒，卞之琳是技巧专家，而说我是，这样的颠倒黑白，人们说，你也说，那就让你们说去，我插什么嘴呢？我是不急急求知于人的，你也知道。你原来也是那些"人"中之一，所以我也不要求知于你，所以我就不回信了。今天总算你那只"流泪的白蜡"感动了我，让我唠叨了这一顿，你究竟明白了没有，我还不敢担保。克家，不要浮嚣，细细的想去罢！

新闻的报道似乎不大准确。不是"抗战诗选"而是作为二（克家按："二"下漏"千"字）五百年全部文学名著选中一部分的整个"新诗选"。也不仅是"选"而是选与译——一部将在八个月后在英美同时出版的"中国新诗选译"（译的部分同一个英国朋友合作）。我始终没有忘记除了我们的今天外，还有二三千年前的昨天，除了我们这角落外，还有整个世界。我的历史课题甚至伸到历史以前，所以我研究了神话，我的文化课题超出了文化圈外，所以我又在研究以原始社会为对象的文化人类学（《人文科学学报》第二期有我一篇谈图腾的文章，若找得到，可以看看）。关于新诗选部分，希望你能帮我搜集点材料，首先你自己自《烙印》以来的集子能否寄一份给我？若有必要，我用完后，还可以寄还给你。其他求助于你的地方，将来再详细的写信来。本星期及下星期内共有三个讲演，都是谈诗的，我得准备一下，所以今天就此打住了。顺祝

撰安。

　　　　　　一多　十一月廿五日灯下（三十二年——克家）

　　信里所谈的请你不要发表，这些话只好对你个人谈谈而已。千万千万。

　　《学术季刊》第二期有我的《庄子内篇校释》可作读《庄子》之助。又及。

　　《泥土的歌》已收到，随后再谈。

　　现在想想，如果新闻界有朋友，译诗的消息可以告诉他们，因为将来少不了要向当代作家们请求合作，例如寄赠诗集和供给传略的材料等等，而这些作家们我差不多一个也不认识。日来正在译艾青，已成九首，此刻正在译《他死在第二次》。也许在出书以前，先零星寄到国外发表一部分。重庆的作家们也烦你替我先容（？）一下，将来我打算发出些表格请他们填填关于我写传略时需要的材料。不用讲，今天的我是以文学史家自居的，我并不是代表某一派的诗人。唯其曾经一度

写过诗，所以现在有揽取这项工作的热心，唯其现在不再写诗了，所以有应付这工作的冷静的头脑而不至于对某种诗有所偏爱或偏恶。我是在新诗之中，又在新诗之外，我想我是颇合乎选家的资格的。这里的朋友们正是这样的鼓励着我，重庆的朋友们想也有同感。

（选自全集庚集《书信》）

文学的历史动向

    人类在进化的途程中蹒跚了多少万年，忽然这对近世文明影响最大最深的四个古老民族——中国，印度，以色列，希腊——都在差不多同时猛抬头，迈开了大步。约当纪元前一千年左右，在这四个国度里，人们都歌唱起来，并将他们的歌记录在文字里，给流传到后代，在中国，《三百篇》里最古部分——《周颂》和《大雅》，印度的《黎俱吠陀》（Rig－veda），《旧约》里最早的《希伯来诗篇》，希腊的《伊利亚特》（Iliad）和奥德赛（Odyssey）——都约略同时产生。再过几百年，在四处思想都醒觉了，跟着是比较可靠的历史记载的出现。从此，四个文化，在悠久的年代里，起先是沿着各自的路线，分途发展，不相闻问，然后，慢慢的随着文化势力的扩张，一个个的胳臂碰上了胳臂，于是吃惊，点头，招手，交谈，日子久了，也就交换了观念思想与习惯。最后，四个文化慢慢的都起着变化，互相吸收，融合，以至总有那么一天，四个的个别性渐渐消失，于是文化只有一个世界的文化。这是人类历史发展的必然路线，谁都不能改变，也不必改变。

    上文说过，四个文化猛进的开端都表现在文学上，四个国度里同时迸出歌声。但那歌的性质并非一致的。印度希腊，是在歌中讲着故事，他们那歌是比较近乎小说戏剧性质的，而且篇幅都很长，而中国以色列则都唱着以人生与宗教为主题的较短的抒情诗。中国与以色列许是偶同，印度与希腊都是雅利安种人，说着同一系统的语言，他们唱着性质比较类似的歌，倒也不足怪。

中国，和其馀那三个民族一样，在他开宗第一声歌里，便预告了他以后数千年间文学发展的路线。《三百篇》的时代，确乎是一个伟大的时代，我们的文化大体上是从这一刚开端的时期就定型了。文化定型了，文学也定型了，从此以后二千年间，诗——抒情诗，始终是我国文学的正统的类型，甚至除散文外，它是唯一的类型。赋，词，曲，是诗的支流，一部分散文，如赠序，碑志等，是诗的副产品，而小说和戏剧又往往以各自不同的方式夹杂些诗。诗，不但支配了整个文学领域，还影响了造型艺术，它同化了绘画，又装饰了建筑（如楹联，春帖等）和许多工艺美术品。

诗似乎也没有在第二个国度里，像它在这里发挥过的那样大的社会功能。在我们这里，一出世，它就是宗教，是政治，是教育，是社交，它是全面的生活。维系封建精神的是礼乐，阐发礼乐意义的是诗，所以诗支持了那整个封建时代的文化。此后，在不变的主流中文化随着时代的进行，在细节上会多少发生过一些不同的花样。诗，它一面对主流尽着传统的呵护的职责，一方面仍给那些新花样忠心的服务。最显著的例是唐朝。那是一个诗最发达的时期，也是诗与生活拉拢得最紧的一个时期。

从西周到春秋中叶，从建安到盛唐，这中国文学史上两个最光荣的时期，都是诗的时期。两个时期各各拖着一条姿势稍异，但同样灿烂的尾巴，前者的是《楚辞》汉赋，后者的是五代宋词。而这辞赋与词还是诗的支流。然则从西周到宋，我们这大半部文学史，实质上只是一部诗史。但是诗的发展到北宋实际也就完了。南宋的词已经是强弩之末，就诗本身说，连尤杨范陆和稍后的元遗山似乎都是多馀的，重复的，以后的更不必提了。我们只觉得明清两代关于诗的那许多运动和争论，都是无味的挣扎。每一度挣扎的失败，无非重新证实一遍那挣扎的徒劳无益而已。本来从西周唱到北宋，足足二千年的工夫也够长的了，可能的调子都已唱完了。到此，中国文学史可能不必再写，假如不是两种外来的文艺形式——小说与戏剧，早在旁边静候着，准备届时上前来"接力"。是的，中国文学史的路线南宋起便转向了，从此以后是小说戏剧的时代。

故事与雏形的歌舞剧，以前在中国本土不是没有，但从未发展成为文学的部门。对于讲故事，听故事，我们似乎一向就不大热心。不是教诲的寓言，就是纪实的历史，我们从未养成单纯的为故事而讲故事，听故事的兴趣。我们至少可说，是那充满故事兴味的佛典之翻译与宣讲，唤醒了本土的故事兴趣的萌芽，使它与那较进步的外来形式相结合，而产生了我们的小说与戏剧。故事本是民间的产物，不用讳言，它的本质是低级的。（便在小说戏剧里，过多的故事成分不也当悬为戒条吗？）正如从故事发展出来的小说戏剧，其本质是平民的，诗的本质是贵族的。要晓得它们之间距离很大，而距离是会孕育恨的。所以我们的文学传统既是诗，就不但是非小说戏剧的，而且推到极端，可能还是反小说戏剧的。若非宗教势力带进来那点新鲜刺激，而且自己的歌实在也唱到无可再唱的了，我们可能还继续产生些《韩非》《说储》，或《燕丹子》一类的故事，和《九歌》一类的雏形歌舞剧，但是，元剧和章回小说决不会有。然而本土形式的花开到极盛，必归于衰谢，那是一切生命的规律，而两个文化波轮由扩大而接触而交织，以致新的异国形式必然要闯进来，也是早经历史命运注定了的。异国形式也许早就来到了，早到起码是汉朝佛教初输入的时候，你可以在几百年中不注意它，等到注意了之后，还可以延宕，踌躇个又一度几百年，直到最后，万不得已的，这才死心蹋地，接受了吧，但那只是迟早问题。反正自己的花无法再开，那命数你得承认，新的种子从外面来到，给你一个再生的机会，那是你的福分。你有勇气接受它，是你的聪明，肯细心培植它，是有出息，结果居然开出很不寒伧的花朵来，更足以使你自豪！

第一度外来影响刚刚扎根，现在又来了第二度的。第一度佛教带来的印度影响是小说戏剧，第二度基督教带来的欧洲影响又是小说戏剧（小说戏剧是欧洲文学的主干，至少是特色），你说这是碰巧吗？

不然。欧洲文化正如它的鼻祖希腊文化一样，和印度文化，往大处看，还不是一家？这样说来，在这两度异乡文化东渐的阵容中，印度不过是欧洲的头，欧洲是印度的尾而已。就文化接触的全盘局势来看，头已进来，尾的迟早必需来到，应该也是早已料到的事。第一度外来影响，已经由扎根而开花了，但还不算开到最茂盛的地步，而本土的旧形式，自从枯萎后，还不见再荣的迹象，也实在没有再荣的理由。现在第二度外来影响，又与第一度同一种类，毫无问题，未来的中国文学还要继续那些伟大的元明清人的方向，在小说戏剧的园地上发展。待写的一页文学史，必然又是一段小说戏剧史，而且较向前的一段，更为热闹，更为充实。

但在这新时代的文学动向中，最值得揣摩的，是新诗的前途。你说，旧诗的生命诚然早已结束，但新诗——这几乎是完全重新再做起的新诗，也没有生命吗？对了，除非它真能放弃传统意识，完全洗心革面，重新做起。但那差不多等于说，要把诗做得不像诗了。也对。说得更确点，不像诗，而像小说戏剧，至少让它多像点小说戏剧，少像点诗。太多"诗"的诗，和所谓"纯诗"者，将来恐怕只能以一种类似解嘲与抱歉的姿态，为极少数人存在着，在一个小说戏剧的时代，诗得尽量采取小说戏剧的态度，利用小话戏剧的技巧，才能获得广大的读众。这样做法并不是不可能的。在历史上多少人已经做过，只是不大彻底罢了。新诗所用的语言更是向小说戏剧跨近了一大步，这是新诗之所以为"新"的第一个也是最主要的理由。其他在态度上，在技巧上的种种进一步的试验，也正在进行着。请放心，历史上常常有人把诗写得不像诗，如阮籍，陈子昂，孟郊，如华茨渥斯（Wordsworth），惠特曼（Whitmen），而转瞬间便是最真实的诗了。诗这东西的长处就在它有无限度的弹性，变得出无穷的花样，装得进无限的内容。只有固执与狭隘才是诗的致命伤，纵没有时代的威胁，它也难立足。

每一时代有一时代的主潮，小的波澜总得跟着主潮的方向推进，跟不上的只好留在港汊里干死完事。战国秦汉时代的主潮是散文。一部分诗服从了时代的意志，散文化了，便成就了《楚辞》和初期的汉赋，成就了《铙歌》，这些都是那时代的光荣。另一部分诗，如《郊祀歌》《安世房中歌》，韦孟《讽谏诗》之类，跟不上潮流，便成了港汊中的泥淖。

明代的主潮是小说，《先妣事略》《寒花葬志》和《项脊轩记》的作者归有光，采取了小说的以寻常人物的日常生活为描写对象的态度，和刻画景物的技巧，总算是黏上了点时代潮流的边儿（他自己以为是读《史记》读来了的，那是自欺欺人的话），所以是散文家中欧公以来唯一顶天立地的人物。其他同时代的散文家，依照各人小说化的程度的比例，也多多少少有些成就，至于那般诗人们只忙于复古，没有理会时代，无疑那将被未来的时代忘掉。以上两个历史的教训，是值得我们的新诗人书绅的。

四个文化同时出发，三个文化都转了手，有的转给近亲，有的转给外人，主人自己却都没落了，那许是因为他们都只勇于"予"而怯于"受"。中国是勇于"予"而不太怯于"受"的，所以还是自己的文化的主人，然而也只仅免于没落的劫运而已。为文化的主人自己打算，"取"不比"予"还重要吗？所以仅仅不怯于"受"是不够的，要真正勇于"受"。让我们的文学更彻底的向小说戏剧发展，等于说要我们死心塌地走人家的路。这是一个"受"的勇气的测验，也是我们能否继续自己文化的主人的测验。

　　过去记录里有未来的风色，历史已给我们指示了方向——
"受"的方向，如今要的只是勇气，更多的勇气啊！

一九四三，一二。

说　舞

一场原始的罗曼司

假想我们是在参加着澳洲风行的一种科罗泼利（Corro-Borry）舞。

灌木林中一块清理过的地面上，中间烧着野火，在满月的清辉下吐着熊熊的赤焰。现在舞人们还隐身在黑暗的丛林中从事化装。野火的那边，聚集着一群充当乐队的妇女。忽然林中发出一种坼裂声，紧跟着一阵沙沙的磨擦声——舞人们上场了。闯入火光圈里来的是三十个男子，一个个脸上涂着白垩，两眼描着圈环，身上和四肢画着些长的条纹。此外，脚踝上还系着成束的树叶，腰间围着兽皮裙。这时那些妇女已经面对面排成一个马蹄形。她们完全是裸着的。每人在两膝间绷着一块整齐的袋鼠皮。舞师呢，他站在女人们和野火之间，穿的是通常的袋鼠皮围裙，两手各执一棒。观众或立或坐的围成一个圆圈。

舞师把舞人们巡视过一遭之后，就回身走向那些妇女们。

突然他的棒子一拍，舞人们就闪电般的排成一行，走上前来。他再视察一番，停了停等行列完全就绪了，就发出信号来，跟着他的木棒的拍子，舞人们的脚步移动了，妇女们也敲着袋鼠皮唱起歌来。这样，一场科罗泼利便开始了。

拍子愈打愈紧，舞人的动作也愈敏捷，愈活泼，时时扭动全身，纵得很高，最后一齐发出一种尖锐的叫声，突然隐入灌木林中去了，场子空了一会儿。等舞师重新发出信号，舞人们又再度出现了。这次除舞队排成弧形外，一切和从前一样。妇女们出来时，一面打着拍子，一面更大声的唱，唱到几乎嗓子都要裂了，于是声音又低下来，低到几乎听不见声音。歌舞的尾声和一折相仿佛。第三、四、五折又大同小异的表演过了。但有一舞队是分成四行的，第一行退到一边，让后面几行向前迈进，到达妇人们面前，变作一个由身体四肢交锁成的不可解的结，可是各人手中的棒子依然在飞舞着。你直害怕他们会打破彼此的头，但是你放心，他们的动作无一不遵守着严格的规律，决不会出什么岔子的。这时情绪真紧张到极点，舞人们在自己的噪呼声中，不要命的顿着脚跳跃，妇女们也发狂似的打着拍子引吭高歌。响应着他们的热狂的，是那高烛云空的火光，急雨点似的劈拍的喷射着火光。最后舞师两臂高举，一阵震耳的掌声，舞人们退场了，妇女和观众也都一哄而散，抛下一片清冷的月光，照着野火的馀烬渐渐熄灭了。

这就是一场澳洲的科罗泼利舞，但也可以代表各地域各时代任何性质的原始舞，因为它们的目的总不外乎下列这四点：（一）以综合性的形态动员生命，（二）以律动性的本质表现生命，（三）以实用性的意义强调生命和（四）以社会性的功能保障生命。

综合性的形态

舞是生命情调最直接，最实质，最强烈，最尖锐，最单纯而又最充足的表现。生命的机能是动，而舞便是节奏的动，或更准确点，有节奏的移易地点的动，所以它直是生命机能的表演。但只有在原始舞里才看得出舞的真面目，因为它是真正全体生命机能的总动员，它是一切艺术中最大综合性的艺术。它包有乐与诗歌，那是不用说的。它还有造型艺术，舞人的身体是活动的雕刻，身上的文饰是图案，这也都显而易见。所当注意的是，画家所想尽方法而不能圆满解决的光的效果，这里藉野火的照明，却轻轻的抓住了。而野火不但给了舞光，还给了它热，这触觉的刺激更超出了任何其他艺术部门的性能。最后，原始人在舞的艺术中最奇特的创造，是那月夜丛林的背景对于舞场的一种镜框作用。由于框外的静与暗，和框内的动与明，发生着对照作用，使框内一团声音光色的活动情绪更为集中，效果更为强烈，藉以刺激他们自己对于时间（动静）和空间（明暗）的警觉性，也便加强了自己生命的实在性。原始舞看来简单，唯其简单，所以能包含无限的复杂。

律动性的本质

上文说舞是节奏的动，实则节奏与动，并非二事。世间决没有动而不成节奏的，如果没有节奏，我们便无从判明那是动。通常所谓"节奏"是一种节度整齐的动，节度不整齐的，我们只称之为"动"，或乱动，因此动与节奏的差别，实际只是动时节奏性强弱的程度上的差别。而并非两种性质根本不同的东西。上文已说过，生命的机能是动，而舞是有节奏的移易地点的动，所以也就是生命机能的表演。现在我们更可以明白，所谓表演与非表演，其间也只有程度的差别而已。一方面生命情绪的过度紧张，过度兴奋，以至成为一种压迫，我们需要一种更强烈，更集中的动，来宣泄它，和缓它；一方面紧张与兴奋的情绪，是一种压迫，也是一种愉快，所以我们也需要在更强烈，更集中的动中来享受它。常常有人讲，节奏的作用是在减少动的疲乏。诚然。但须知那减少疲乏的动机，是积极而非消极的，而节奏的作用是调整而非限制。因为由紧张的情绪发出的动是快乐，是可珍惜的，所以，要用节奏来调整它，使它延长，而不致在乱动中轻轻浪费掉。甚至这看法还是文明人的主观，态度还不够积极。节奏是为减轻疲乏的吗？如果疲乏是讨厌的，要不得的，不如干脆放弃它。放弃疲乏并不是难事，在那月夜，如果怕疲乏，躺在草地上对月亮发愣，不就完了吗？如果原始人真怕疲乏，就干脆没有舞那一套，因为无论怎样加以调整，最后疲乏总归是要来到的，不，他们的目的是在追求疲乏，而舞（节奏的动）是达到那目的最好的通路。一位著者形容新南威尔斯土人的舞说："……鼓声渐渐紧了，动作也渐渐快了。直至达到一种如闪电的速度。随时全体一跳跳到半空，当他们脚尖再触到地面时，那分开着的两腿上的肉腓，颤动得直使那白垩的条纹，看去好像蠕动的长蛇，同时一阵强烈的嘶声充满空中（那是他们的喘息声）。"非洲布须曼人的摩科马舞（Mokoma）更是我们不能想象的。"舞者跳到十分疲劳，浑身淌着大汗，口里还发出千万种叫声，身体做着各种困难的动作，以至一个一个的，跌倒在地上，浴在源源而出的鼻血泊中。因此他们便叫这种舞作'摩科马'，意即血的舞。"总之，原始舞是一种剧烈的，紧张的，疲劳性的动，因为只有这样他们才体会到最高限度的生命情调。

实用性的意义

西方学者每分舞为模拟式的与操练式的二种，这又是文明人的主观看法。二者在形式上既无明确的界线，在意义上尤其相同。所谓模拟舞者，其目的，并不如一般人猜想的，在模拟的技巧本身，而是在模拟中所得的那逼真的情绪。他们甚至不是在不得已的心情下以假代真，或在客观的真不可能时，乃以主观的真权当客观的真。所求的只是那能加强他们的生命感的一种提炼的集中的生活经验——一杯能使他们陶醉的醇醴而酷烈的酒。只要能陶醉，那酒是真是假，倒不必计较，何况真与假，或主观与客观，对他们本没有多大区别呢，他们不因舞中的"假"而从事于舞，正如他们不以巫术中的"假"而从事巫术。反之，正因他们相信那是真，才肯那样做，那样认真的做（儿童的游戏亦复如此）。既然因日常生活经验不够提炼与集中，才要借艺术中的生活经验——舞来获得一醉。那么模拟日常生活经验，就模拟了它的不提炼与集中，模拟得愈像，便愈不提炼，愈不集中，所以最彻底的方法，是连模拟也放弃了，而仅剩下一种抽象的节奏的动，这种舞与其称为操练舞，不如称为"纯舞"，也许还比较接近原始心理的真相。一方面，在高度的律动中，舞者自身得到一种生命的真实感（一种觉得自己是活着的感觉），那是一种满足。另一方面，观者从感染作用，也得到同样的生命的真实感，那也是一种满足，舞的实用意义便在这里。

社会性的功能

或由本身的直接经验（舞者），或者感染式的间接经验（观者），因而得到一种觉着自己是活着的感觉，这虽是一种满足，但还不算满足的极致，最高的满足，是感到自己和大家一同活着，各人以彼此的"活"互相印证，互相支持，使各人自己的"活"更加真实，更加稳固，这样满足才是完整的，绝对的。这群体生活的大和谐的意义，便是舞的社会功能的最高意义，由和谐的意识而发生一种团结与秩序的作用，便是舞的社会功能的次一等的意义。关于这点，高罗斯（Ernest Groose）讲得最好："在跳舞的白热中，许多参与者都混成一体，好像是被一种感情所激动而动作的单一体。在跳舞期间，他们是在完全统一的社会态度之下，舞群的感觉和动作正像一个单一的有机体。原始跳舞的社会意义全在乎统一社会的感应力。他们领导并训练一群人，使他们在一种动机，一种感情之下，为一种目的而活动（在他们组织散漫和不安定的生活状态中，他们的行为常被各个不同的需要和欲望所驱使）。它至少乘机介绍了秩序和团结给这狩猎民族的散漫无定的生活中。除战争外，恐怕跳舞对于原始部落的人，是唯一的使他们觉着休戚相关的时机。它也是对于战争最好的准备之一，因为操练式的跳舞有许多地方相当于我们的军事训练。在人类文化发展上，过分估计原始跳舞的重要性，是一件困难的事。一切高级文化，是以各个社会成分的一致有秩序的合作为基础的，而原始人类却以跳舞训练这种合作。"舞的第三种社会功能更为实际。上文说过，主观的真与客观的真，在原始人类意义中没有明确的分野。在感情极度紧张时，二者尤易混淆，所以原始舞往往弄假成真，因而发生不少的暴行。正因假的能发生真的后果，所以他们常常因假的作为勾引真的媒介。许多关于原始人类战争的记载，都说是以跳舞开场的，而在我国古代，武王伐纣前夕的歌舞，即所谓"武宿夜"者，也是一个例证。

一九四四，三。

（以上选自全集甲集《神话与诗》）

关于儒·道·土匪

医生临症，常常有个观望期间，不到病势相当沉重，病象充分发作时，正式与有效的诊断似乎是不可能的。而且，在病人方面，往往愈是痼疾，愈要讳疾忌医，因此恐怕非等到病势沉重，病象发作，使他讳无可讳，忌无可忌时，他也不肯接受诊断。

事到如今，我想即使是最冥顽的讳疾忌医派，如钱穆教授之流，也不能不承认中国是生着病，而且病势的严重，病象的昭著，也许赛过了任何历史记录。唯其如此，为医生们下诊断，今天总是最成熟的时机。

向来是"旁观者清"，无怪乎这回最卓越的断案来自一位英国人。这是韦尔斯先生观察所得：

> 在大部分中国人的灵魂里，斗争着一个儒家。一
> 个道家。一个土匪。（《人类的命运》）

为了他的诊断的正确性，我们不但钦佩这位将近八十高龄的医生，而且感激他，感激他给我们查出了病源，也给我们至少保证了半个得救的希望，因为有了正确的诊断，才谈得到适当的治疗。

　　但我们对韦尔斯先生的拥护，不是完全没有保留的，我认为假如将"儒家，道家，土匪"，改为"儒家，道家，墨家"，或"偷儿，骗子，土匪"，这不但没有损害韦氏的原意，而且也许加强了它，因为这样说话，可以使那些比韦氏更熟悉中国历史和文化的人，感着更顺理成章点，因此也更乐于接受点。

　　先讲偷儿和土匪，这两种人作风的不同，只在前者是巧取，后者是豪夺罢了。"巧取豪夺"这成语，不正好用韩非的名言"儒以文乱法，侠以武犯禁"来说明吗？而所谓侠者不又是堕落了的墨家吗？至于以"骗子"代表道家，起初我颇怀疑那徽号的适当性，但终于还是用了它。"无为而无不为"也就等于说：无所不取，无所不夺。而看去又像是一无所取，一无所夺，这不是骗子是什么？偷儿、骗子、土匪是代表三种不同行为的人物，儒家、道家、墨家是代表三种不同的行为理论的人物；尽管行为产生了理论，理论又产生了行为，如同鸡生蛋，蛋生鸡一样，但你既不能说鸡就是蛋，你也就不能将理论与行为混为一谈。所以韦尔斯先生叫儒家，道家和土匪站作一排，究竟是犯了混淆范畴的逻辑错误。这一点表过以后，韦尔斯先生的观察，在基本意义上，仍不失为真知灼见。

　　就历史发展的次序说，是儒，墨，道。要明白儒墨道之所以成为中国文化的病，我们得从三派思想如何产生讲起。

　　由于封建社会是人类物质文明成熟到某种阶段的结果，而它自身又确乎能维持相当安定的秩序，我们的文化便靠那种安定而得到迅速的进步，而思想也便开始产生了。但封建社会的组织本是家庭的扩大，而封建社会的秩序是那家庭中父权式的以上临下的强制性的秩序，它的基本原则至多也只是强权第一，公理第二。当然秩序是生活必要的条件，即便是强权的秩序，也比没有秩序好。尤其对于把握强权，制定秩序的上层阶级，那种秩序更是绝对的可宝。儒家思想便是以上层阶级的立场所给予那种秩序的理论的根据。然而父权下的强制性的秩序，毕竟有几分不自然，不自然的便不免虚伪，虚伪的秩序终久必会露出破绽来，墨家有见于此，想以慈母精神代替严父精神来维持秩序，无奈秩序已经动摇后，严父若不能维持，慈母更不能维持。儿子大了，父亲管不了，母亲更管不了，所以墨家之归于失败，是势所必然的。

墨家失败了，一气愤，自由行动起来，产生所谓游侠了，于是秩序便愈加解体了。秩序解体以后，有的分子根本怀疑家庭存在的必要，甚至咒诅家庭组织的本身，于是独自逃掉了，这种分子便是道家。

一个家庭的黄金时代，是在夫妇结婚不久以后，有了数目不太多的子女，而子女又都在未成年的期间。这时父亲如果能够保持着相当丰裕的收入，家中当然充满一片天伦之乐，即令不然，儿女人数不多，只要分配得平均，也还可以过得相当快乐，万一分配不太平均，反正儿女还小，也不至闹出大乱子来。但事实是一个庞大的家庭，儿女太多，又都成年了，利害互相冲突，加之分配本来就不平均，父亲年老力衰，甚至已经死了，家务由不很持平的大哥主持，其结果不会好，是可想而知了。儒家劝大哥一面用父亲在天之灵的大帽子实行高压政策，一面叫大家以黄金时代的回忆来策励各人的良心，说是那

样，当年的秩序和秩序中的天伦之乐，自然会恢复。他不晓得
当年的秩序，本就是一个暂时的假秩序，当时的相安无事是沾
了当时那特殊情形的光，于今情形变了，自然会露出马脚来，
墨家的母性的慈爱精神不足以解决问题，原因也只在儿女大
了，实际的利害冲突，不能专凭感情来解决，这一层前面已经
提到。在这一点上，墨家犯的错误，和儒家一样，不过墨家确
乎感觉到了那秩序中分配不平均的基本症结，这一点就是他后
来走向自由行动的路的心理基础。墨家本意是要实现一个以平
均为原则的秩序，结果走向自由行动的路，是破坏秩序。只看
见破坏旧秩序，而没有看见建设新秩序的具体办法，这是人们
所痛恶的，因为，正如前面所说的，秩序是生活的必要条件。
尤其是中国人的心理，即令不公平的秩序，也比完全没有秩
序强。

　　这里我们看出了墨家之所以失败，正是儒家之所以成功。
至于道家因根本否认秩序而逃掉，这对于儒家，倒因为减少了
一个掣肘的而更觉方便，所以道家的遁世实际是帮助了儒家的
成功。因为道家消极的帮了儒家的忙，所以儒家之反对道家，
只是口头的，表面的，不像他对于墨家那样的真心的深恶痛
绝。因为儒家的得势，和他对于墨道两家态度的不同，所以在
上层阶级的士大夫中，道家还能存在，而墨家却绝对不能存
在。墨家不能存在于士大夫中，便一变为游侠，再变为土匪，
愈沉愈下了。

　　捣乱分子墨家被打下去了，上面只剩了儒与道，他们本来
不是绝对不相容的，现在更可以合作了。合作的方案很简单。

这里恕我曲解一句古书，易经说"肥遁，无不利"，我们不妨读肥为本字，而把"肥遁"解为肥了之后再遁，那便是说一个儒家做了几任"官"，捞得肥肥的，然后撒开腿就跑，跑到一所别墅或山庄里，变成一个什么居士，便是道家了。——这当然是对己最有利的办法了。甚至还用不着什么实际的"遁"，只要心理上念头一转，就身在宦海中也还是遁，所谓"身在魏阙，心在江湖"，和"大隐隐朝市"者，是儒道合作中更高一层的境界。在这种合作中，权利来了，他以儒的名分来承受，义务来了，他又以道的资格说，本来我是什么也不管的。儒道交融的妙用，真不是笔墨所能形容的，在这种情形之下，称他们为偷儿和骗子，能算冤曲吗？

　　"成则为王，败则为寇""窃钩者诛，窃国者侯"，这些古语中所谓王侯如果也包括了"不事王侯，高尚其事"的道家，便更能代表中国的文化精神。事实上成语中没有骂到道家，正表示道家手段的高妙。讲起穷凶极恶的程度来，土匪不如偷儿，偷儿不如骗子，那便是说墨不如儒，儒不如道，韦尔斯先生列举三者时，不称墨而称土匪，也许因为外国人到中国来，喜欢在穷乡僻壤跑，吃土匪的亏的机会特别多，所以对他们特别深恶痛绝。在中国人看来，三者之中，其实土匪最老实，所以也最好防备。从历史上看来，土匪的前身墨家，动机也最光明。如今不但在国内，偷儿骗子在儒道的旗帜下，天天剿匪，连国外的人士也随声附和的口诛笔伐，这实在欠公允，但我知道这不是韦尔斯先生的本意，因为知道在他们本国，韦尔斯先生的同情一向是属于那一种人的。

　　话说回来，土匪究竟是中国文化的病，正如偷儿骗子也是
中国文化的病。我们甚至应当感谢韦尔斯先生在下诊断时，没
有忘记土匪以外的那两种病源——儒家和道家。韦尔斯先生用
《春秋》的书法，将儒道和土匪并称，这是他的许多伟大贡献
中的又一个贡献。

　　　　　　　　　　　　　　　　　　　一九四四，四。

　　　　　　　　　　　　　　　　（选自全集戊集《杂文》）

龙　凤

前些时接到一个新兴刊物负责人一封征稿的信，最使我发生兴味的是那刊物的新颖命名——"龙凤"，虽则照那篇《缘起》看，聪明的主编者自己似乎并未了解这两字中丰富而深远的含义，无疑的他是被这两个字的奇异的光艳所吸引，他迷惑于那蛇皮的夺目的色彩，却没理会蛇齿中埋伏着的毒素，他全然不知道在玩弄色彩时，自己是在与毒素同谋。

就最早的意义说，龙与凤代表着我们古代民族中最基本的两个单元——夏民族与殷民族，因为在"鲧死，……化为黄龙，是用出禹"和"天命玄鸟（即凤），降而生商"两个神话中，我们依稀看出，龙是原始夏人的图腾，凤是原始殷人的图腾（我说原始夏人和原始殷人，因为历史上夏殷两个朝代，已经离开图腾文化时期很远，而所谓图腾者，乃是远在夏代和殷代以前的夏人和殷人的一种制度兼信仰），因之把龙凤当作我们民族发祥和文化肇端的象征，可说是再恰当没有了。若有人愿意专就这点着眼，而想借"龙凤"二字来提高民族意识和情绪，那倒无可厚非。可惜这层历史社会学的意义在一般中国人心目中并不存在，而"龙凤"给一般人所引起的联想则分明是另一种东西。

图腾式的民族社会早已变成了国家，而封建王国又早已变成了大一统的帝国，这时一个图腾生物已经不是全体族员的共同祖先，而只是最高统治者一姓的祖先，所以我们记忆中的龙凤，只是帝王与后妃的符瑞，和他们及她们宫室舆服的装饰"母题"，一言以蔽之，它们只是"帝德"与"天威"的标记。有了一姓，便对待的产生了百姓，一姓的尊荣，便天然的决定了百姓的苦难。你记得复辟与龙旗的不可分离性，你便会原谅我看见"龙凤"二字而不禁触目惊心的苦衷了。我是不同意于"天王圣明，臣罪当诛"的。

《缘起》中也提到过"龙凤"二字在文化思想方面的象征意义，他指出了文献中以龙比老子的故事，却忘了一副天生巧对的下联，那便是以凤比孔子的故事。可巧故事都见于《庄子》一书里。《天运篇》说孔子见过老聃后，发呆了三天说不出话，弟子们问他给老聃讲了些什么，他说："吾乃今于是乎见龙——龙合而成体，散而成章，乘云气而养翔乎阴阳，予口张而不能嗋，舌举而不能讯，[①] 予又何规老聃哉！"这是常用的典故（也就是许多姓李的楹联中所谓"犹龙世泽"的来历）。至于以凤比孔子的典故，也近在眼前，不知为什么从未成为词章家"獭祭"的资料，孔子到了楚国，著名的疯子接舆所唱的那充满讽刺性的歌儿——

　　　　凤兮凤兮！何如（汝）德之衰也！来世不可待？

---

　　① 　以上六字从江南古藏本补。

　　　　往世不可追也！……

不但见于《庄子》（《人间世篇》），还见于论语（《微子篇》）。
是以前读死书的人不大认识字，不知道"如"是"汝"的假
借，因而没弄清话中的意思吗？可是汉石经《论语》"如"作
"而"，"而"字本也训"汝"，那么歌辞的喻意，至少汉人是懂
得。另一个也许更有趣的以凤比孔子的出典，见于唐宋《类
书》① 所引的一段庄子佚文：

　　　　老子见孔子从弟子五人，问曰："前②为谁？"对
　　曰："子路，勇且力。③ 其次子贡为智，曾子为孝，
　　颜回为仁，子张为武。"老子叹曰："吾闻南方有鸟，
　　其名为凤……凤鸟之文，戴圣婴仁，右智左贤……"

这里以凤比孔子，似乎更明显。尤其有趣的是，那次孔子称老
子为龙，这次是老子回敬孔子，比他作凤，龙凤是天生的一
对，孔老也是天生的一对，而话又出自彼此的口中，典则同见
于《庄子》。你说这天生巧对是庄子巧思的创造，意匠的游
戏——又是他老先生的"谬悠之说，荒唐之言，无端崖之辞"
吗？也不尽然。前面说过原始殷人是以凤为图腾的，而孔子是
殷人之后，我们尤其熟习。老子是楚人，向来无异词，楚是祝
融六姓中芈姓季连之后，而祝融，据近人的说法，就是那"人
面龙身而无足"的烛龙，然则原始楚人也当是一个龙图腾的族

---

　　① 《艺文类聚》九〇，《太平御览》九一五。
　　② 《类聚》脱"前"字，依《御览》补。
　　③ 《类聚》作"子路为勇"，此从《御览》。

团。以老子为龙，孔子为凤，可能是庄子的寓言，但寓言的产生也该有着一种素地。民俗学的素地（这可以《庄子》书中许多其他的寓言为证）。其实凤是殷人的象征，孔子是殷人的后裔。呼孔子为凤，无异称他为殷人；龙是夏人的，也是楚人的象征，说老子是龙，等于说他是楚人或夏人的本家。中国最古的民族单元不外夏殷，最典型中国式而最有支配力的思想家莫如孔老，刊物命名为"龙凤"，不仅象征了民族，也象征了最能代表民族气质的思想家，这从某种观点看，不能不说是中国有刊物以来最漂亮的名字了！

　　然而，还是庄子的道理，"臭腐复化为神奇，神奇复化为腐臭，"——从另一种观点看，最漂亮的说不定也就是最丑恶的。我们在上文说过，图腾式的民族社会早已变成了国家，而封建的王国又早已变成了大一统的帝国，在我们今天的记忆中，龙凤只是"帝德"与"天威"的标记而已。现在从这角度来打量孔老，恕我只能看见一位"申申如也，夭夭如也"而谄上骄下的司寇，和一位以"大巧若拙"的手段"助纣为虐"的柱下史（五千言本也是"君人南面之术"），有时两个身影叠成一个，便又幻出忽而"内老外儒"，忽而"外老内儒"，种种的奇形怪状。要晓得这条"见首不见尾"的阴谋家——龙，这只"戴圣婴仁"的伪君子——凤，或二者的混合体，和那象征着"帝德""天威"的龙凤，是不可须臾离的，有了主子，就用得奴才，有了奴才，也必然会捧出一个主子；帝王与士大夫是相依为命的。主子的淫威和奴才的恶毒——暴发户与破落户双重势力的结合，压得人民半死不活。三千年惨痛的记忆，教我们面对这意味深长的"龙凤"二字，怎能不触目惊心呢！

　　事实上，人物界只有穷凶极恶而诡计多端的蛇，和受人豢养，替人帮闲，而终不免被人宰割的鸡，哪有什么龙和凤呢？科学来了，神话该退位了。办刊物的人也得当心，再不得要让"死的拉住活的"了！

　　要不然，万一非给这民族选定一个象征性的生物不可，那就还是狮子罢，我说还是那能够怒吼的狮子罢，如其他不再太贪睡的话。

　　　　　　　　　　　　　　　　　　　一九四四，七。
　　　　　　　　　　　　　　　　（选自全集甲集《神话与诗》）

愈战愈强

回忆抗战初期，大家似乎不大讲到"胜利"，那时的心理与其说是胜败置之度外，还不如说是一心想着虽败犹荣。敌人是以"必定胜"的把握向我们侵略，我们是以"不怕败"的决心给他们抵抗。你无非是要我败，我偏偏不怕败，我不怕败，你便没有胜。那时人民的口号是"喝出去了！""跟你拼了！"政府的策略是"破釜沉舟"，是"置之死地而后生"，人民和政府都不怕败，自然大家也不讳败，结果是我们愈败愈奋勇，而敌人真把我们没办法。

武汉撤退以后，渐渐听到"争取胜利"的呼声，然而也就透露了怕败的顾虑了。

开罗会议以后，胜利俨然到了手似的，而一般现象，则正好表示着一些人的工作，是在"争取失败"。事实昭彰，凡是有眼睛的都看到了，有良心的都指出了，这里无需我再说，我也不忍再说，于是愈是趋向失败，愈是讳言失败，自己讳言失败，同时也禁止旁人言失败。是否表面上"失败"绝迹了，暗地里便愈好制造失败呢？抗战到了这地步，大概也是一种"置之死地而后生"的办法罢？好了，那我以老百姓的资格，也就

"喝出去了！""跟你拼了！"

所以我今天想要算账！

算账是一件麻烦事，但不要紧，大的做大的算，小的做小的算，反正从今以后，我不打算有清闲日子了！

比如眼前在我们昆明，就有一笔不大不小的账值得算一算。

昨天早起出门找报看，第一家报纸给了我一个喜讯，它老老实实地告诉我，衡阳的仗咱们打好了一点，我当然很高兴。但是看到第二家报纸，却把我气昏了，就因为那标题中"我军愈战愈强"六个大字。

编辑先生！我是有名有姓的，我虽不知道你姓名，但你也必然有名有姓，你若是好汉，就请出来跟我算清这笔账！你所谓"愈战愈强"者，如果就是今天另一家报纸标题所谓"愈战愈奋"的意思，那我就原谅你，我可怜你中国人不大会处理中国文字。如果你那"强"字是什么"四强之一"那类"强"的意思，那我就要控告你两大罪状：一，你侮辱了我们老百姓的人格。二，你出卖了你的祖国。

难道你就忘记了，卢沟桥的烽火一起，我们挺身应战，是为了我们有十二万分胜算的把握吗？老实告诉你，除了存心利用抗战来趁火打劫的败类之外，我们老百姓果真是怕败的话，就早已都投汪精卫去了。我相信在自由中国，每一个良善的中国人，当初既是抱了拼命的决心，胜也要打，败也要打，今天还是抱定这决心，胜也要打，败也要打，何况国际的客观环境已经好转，谁又是那样的傻子，情愿让它"功亏一篑"呢？所以你如果多多给我们报道些自身的缺点，那只会增加我们的戒惧心，刺激我们的努力。你以为我们真是那样"闻败则馁"的草包吗？你若那样想，便把我们看同汪精卫之流了，你晓得那是侮辱别人的人格吗？

闻败则馁的必也闻胜则骄，你既把我们当作闻败则馁的人，那你泄露了（杜撰罢？）许多乐观的消息，难道又不怕我们骄起来吗？明知骄是抗战的鸩毒，而偏要用"愈战愈强"来灌溉我们的骄，那你又是何居心？依据你自己的逻辑，你这就是汉奸行为，因此你是出卖了你的祖国，你又晓得吗？

我们倒不怕承认自身的"弱"，愈知道自身弱在哪里，愈好在各人自己的岗位上来尽力加强它。你说我们"愈强"，我倒要请你拿出事实来，好教我们更放心点。谁不愿意自己强呢！但信口开河是不负责任，存心欺骗更是无耻。六个字的标题，看来事小，它的意义却很重大。

用这字面的，本不只你一人，但是，先生，恕我这回捹住你了，你气得我一顿饭没吃好啊！然而如果在原则上你是受了谁的指示，那个指示你的人不也该是有名有姓的吗？如果他高兴，就请他出来说明也好。抗战是大家的抗战，国家是大家的国家，谁有权利来禁止我发问！

一九四四，七。

画　展

我没有统计过我们这号称抗战大后方的神经中枢之一的昆明，平均一个月有几次画展，反正最近一个星期里就有两次。重庆更不用说，恐怕每日都在画展中，据前不久从那里来的一个官说，那边画展热烈的情形，真令人咋舌（不用讲，无论哪处，只要是画展，必是国画）。这现象其实由来已久，在我们的记忆中，抗战与风雅似乎始终是不可分离的，而抗战愈久，雅兴愈高，更是鲜明的事实。

一个深夜，在大西门外的道上，和一位盟国军官狭路相逢，于是攀谈起来了。他问我这战争几时能完，我说："这还得问你。"

"好罢！"他爽快的答道，"战争几时开始，便几时完结。"事后我才明白他的意思是说，只要他们真正开始反攻，日本是不值一击的。一个美国人，他当然有资格夸下这海口。但是我，一个中国人，尤其当着一个美国人面前，谈起战争，怎么能不心虚呢？我当时误会了他的意思，但我是爱说实话的。反正人家不是傻子，咱们的底细，人家心里早已是雪亮的，与其欲盖弥彰，倒不如自己先认了，所以我的答话是："战争几时开始？你们不是早已开始了吗？没开始的只是我们。"

　　对了，你敢说我们是在打仗吗？就眼前的事例说，一面是被吸完血的××编成"行尸"的行列，前仆后继的倒毙在街心，一面是"琳琅满目"，"盛况空前"的画展，你能说这不是一面在"奸污"战争，一面在逃避战争吗？如果是真实而纯洁的战争，就不怕被正视，不，我们还要用钟爱的心情端详它，抚摩它，用骄傲的嗓音讴歌它。唯其战争是因被"奸污"而变成一个腐烂的，臭恶的现实，所以你就不能不闭上眼睛，掩着鼻子，赶紧逃过，逃的愈远愈好，逃到"云烟满纸"的林泉丘壑里，逃到"气韵生动"的仕女前……反之，逃得急远，心境愈有安顿，也愈可以放心大胆让双手去制造血腥的事实。既然"立地成佛"有了保证，屠刀便不妨随时拿起，随时放下，随时放下，随时拿起。原来某一类说不得的事实和画展是互为因果的，血腥与风雅是一而二，二而一罢了。诚然，就个人说，成佛的不一定亲手使过屠刀，可是至少他们也是帮凶和窝户。如果是借刀杀人，让旁人担负使屠刀的努力和罪名，自己干没了成佛的实惠，其居心便更不可问了。你自命读书明理的风雅阶级，说得轻点，是被利用，重点是你利用别人，反正你是逃不了责任的！

　　艺术无论在抗战或建国的立场下，都是我们应该提倡的，这点道理并不只你风雅人士们才懂得。但艺术也要看哪一种，正如思想和文学一样，它也有封建的与现代的，或复古的与前进的（其实也就是那人道与非人道）之别。你若有良心，有魄力，并且不缺乏那技术，请站出来，学学人家的画家，也去当个随军记者，收拾点电网边和战壕里的"烟云"回来，或就在任何后方，把那"行尸"的行列速写下来，给我们认识认识点现实也好，起码你也该在随便一个题材里多给我们一点现代的感觉，八大山人四王吴恽费晓楼改七芗乃至吴昌硕齐白石那一套，纵然有他们的历史价值，在珂罗版片中也够逼真的了，用得着你们那笨拙的复制吗？在这复古气焰高涨的年代，自然正是你们扬眉吐气的时机，但是小心不要做了破坏民族战斗意志的奸细，和危害国家现代化的帮凶！记着我的话，最后裁判的日子必然来到，那时你们的风雅就是你们的罪状！

原载昆明《生活导报》，一九四四，七。

（以上选自全集戊集《杂文》）

战后文艺的道路

"道路"不一定是具体计划，只是一种看法；战后不是善后，善后是暂时的，战后是相当长时期的将来。根据已然推测必然，是科学的客观预见，历史是有其客观的必然性的，所以要讲到战后文艺的道路，必须根据文学史及社会发展作一番讨论。

关于文学史，应根据新的世界观来分析：我们承认最根本决定社会之发展的是阶级，有统治阶级，有被统治阶级。中国过去的文学史抹煞了人民的立场，只讲统治阶级的文学，不讲被统治阶级的文学。今天以人民的立场来讲文学，对统治阶级的文学也不抹煞。

观察中国的社会，有下面几个阶段：

一、奴隶社会阶段；

二、自由人阶段；

三、主人阶段。

奴隶社会的组织是奴隶和奴隶主，自由人是解放了的奴隶，战国和西汉的奴隶气质在文学上很明显，魏晋以后嵇康阮籍解放了，但由建安到今天都无大变。

建安前是奴隶文艺，建安后是自由人的文艺。奴隶的反面不是自由人，奴隶的反面是主人。西方民主国家还要争自由，何况中国！奴隶是有主人的奴隶，自由人是脱离主人的奴隶。今后的主人，则是没有奴隶的主人；有奴隶的主人是法西斯。

现在再来看每个阶段的特质。

（一）奴隶阶段：

今天所谓奴隶与历史上的奴隶不同，真性奴隶是无身体自由的，使其身体亏损如劓，刖，墨，剕，宫等是奴隶的象征，再一种是手铐脚镣的束缚，这可呼为真性的奴隶。和这相反的要身体有自由发育，自由活动的才是主人。在真性奴隶社会中作业是分工的，主人也做事，大致为政，为君，战争，行刑是主人干的，他做事是自由的。奴隶的事，一是物质生产的技术，如农工等类；一是非物质的生产，如艺术，卜卦，算命，音乐。统治者担任的是治术，奴隶担任的是技术和艺术。技术供主人消费，艺术供主人消遣。历史上有名的音乐家师旷是瞎子，可以作为证明。

古代的艺术家是奴隶干的，如王维在《唐书》上就没有他的传，因为他是奴隶；干艺术是下流的，像今天看戏子和娼妓是一个样。荆轲的好友高渐离会击筑，为秦始皇挖去二目，再来听他的音乐。如果身体不亏损，你就只能作汉武帝时候的李延年，汉武帝当他作女人看。

真性奴隶社会在战国前是没有了，在春秋时即已逐渐瓦解。但奴隶社会的遗留太多，太明显，《史记·滑稽列传》淳于髡为齐国赘婿，髡是受剃了发的髡刑的，名字都已证明他是奴隶了。其他屈原，宋玉，东方朔，枚皋，司马迁都是奴隶，司马迁受宫刑是奴隶的标帜，这些人比真性社会的奴隶身体稍自由。

古代艺术家身体上受创伤，心理上也受创伤，常云"文穷而后工"；厨川白村的《苦闷的象征》谓"不自由即奴隶的别名"。文艺是身体或心理受创伤后产生的花朵，是用血泪来培养的。金鱼很好看，是人看他好看，金鱼的本身并不觉得好看；盆景也如此。在阶级社会里的文艺都是悲惨的，一般有天才的奴隶为要主人赏识，主人免其劳动而养活他，他就歌功颂德，宣扬统治者的思想，为主人所豢养，他帮助主人压迫其同类。技术奴隶如傅说的板筑。因此我们可以说：一，技术是不自由的劳动；二，文艺是不自由的不劳动；三，治术是自由的不劳动；四，帮闲文人寄生者是不自由的不劳动。

当艺术家作为消闲的工具时是消极的罪恶，但当艺术家去替统治者去作统治的工具时，就成了积极的罪恶。

除了人民自己的文艺之外，一切的文艺都是奴隶作的。今日的文艺传统不是如《诗经》那样由人民的传统来，而是由奴隶来，所以往往作了奴隶的子孙而不自察。

（二）自由人阶段：

自封建时代奴隶的解放，就有了自由人，自由人的实际地位是自己选择自己的道路，愿不愿作奴隶？儒家愿作奴隶，道家不愿作奴隶。所以：

一、楚狂避世，怕惹祸。

二、杨朱不合作，为我，先顾自己，不管他人是非。你是你，我是我，我不惹你，你莫管我，但承认人家的势力。

三、程明道程伊川一个对妓女坐，一个背妓女坐，人家批评他俩一个是目中有妓，心中无妓，一个是目中无妓，心中有妓。这种是忘了你我，逃避在观念社会里，我不见妓女，就没有妓女。

四、庄周梦为蝴蝶，但庄周并不能为蝴蝶。前三种是逃避他人，庄周却逃避自己。

五、东方朔避世朝廷；小隐山林，大隐朝廷，只要我心里没有官，做了官也等于不做官。

六、唐卢藏用等以终南山为做官的捷径。

七、先做官而后归隐。

八、可怜主人而去帮忙。

以下道家儒家不能分。这些人象征思想的解放，春秋后此种思想即已产生，东汉魏晋以至今日，都是这一传统没有变。到了近一百年，除了作自己人的奴隶外，还要作外国人的奴隶。

自由人是被解放了的奴隶，但我们今天还一直跟着这后尘。

上面列举的前四种人的态度是诚恳的，自己求解放，后面几种人都是自己骗自己，由魏晋到盛唐，勉强可取，以后就不行了。唐以后的诗不足观，是人根本要不得。前面的解放只是主观的解放，自己在麻醉自己。自己麻醉不外饮酒，看花，看月，听鸟说甚，对人的社会装聋，表现在艺术作品中的麻醉性，这就更高。魏晋艺术的发展是将艺术作麻醉的工具，阮籍怕脑袋掉是超然，陶潜也是逃避自己而结庐在人境，是积极的为自己。阮是消极的为人，阮对着的是压迫他的敌人，是有反抗性的；陶没有反抗性，他对面没有敌人，故阮比陶高。阮是无言的反抗，陶是无言而不反抗，能在那里听鸟说甚，他便可以要干什么便干什么。

西洋艺术为宗教，解放后的自由人则为艺术而艺术，到贵族打倒后，没有反抗性而变为消极的东西。

总结以上有怠工的奴隶，有开小差的奴隶，有以罢工抬高价钱的奴隶，各种奴隶都有，但没有想做主人的。这些人虽间不容发，但是都没有想到当主人，倒是农民想要当主人反而当成了，如刘邦朱元璋是，张献忠李自成洪秀全等是没有当成功的。士大夫只想做官，只想到最高的理想最大胆的手腕是做一人之下万人之上的宰相。这种人不需要革命，无革命的观念和欲望，故士大夫从来不需要革命。农民从来不得到主人给他的面包渣，骨头，故他可以反抗，可以成功。

往后要做主人，要做无奴隶的主人。

（三）主人阶段：

自由人不是主人，但像主人，似是而非。士大夫作自由人就够了，无需为主人，等自由人的自由被剥夺了，成了有形的奴隶，他就可以回头来帮助别人革命。最不能安身的是奴隶农民，因为他无处藏身，他就要起来积极地革命。

法西斯要将人都变成奴隶，每个人都有当奴隶的危机，大家要反抗，抗了法西斯，不仅要做自由人，而是要真正做主人。

所以我对于战后文艺的道路有三种看法：

一、恢复战前；

二、实现战前未达到的理想；

三、提高我们的欲望。

前两种都较消极，第三种却是积极的提高，因为打了仗后，人民理想的身价应与今日的通货膨胀一样的增高。今日有人要内战，我们当然要更高的代价，这是历史发展的必然性。战后的文艺的道路是要做主人的文艺。有了战争就产生了我们新的觉悟，我们认清自己身份的本质，我们由做奴隶的身份而往上爬，只看见上面的目的地而只顾往上爬，不知往下看。虽然看见目的地快到，但这是我们的幻觉，这是有随时被人打下来的危险。我们不能单往上看，而是要切实的往下看，要将在上面的推翻了，大家才能在地上站得稳。由这个观点上看：如果我们只是追求我们更多的个人的自由，让我们藏的更深，那就离人民愈远。今天我们不这样逃，更要防止别人逃，谁不肯回头来，就消灭他！

我们大学的学院式的看法太近视，我们在当过更好一点的奴隶以后，对过去已经看得太多，从来不去想别的，过去我们骑在人家颈上，不懂希望及展望将来的前途，书愈读的多，就像耗子一样只是躲，不敢想，没有灵魂，为这个社会所限制住，为知识所误，从来不想到将来。

将来这条道路，不但自己要走，还要将别人拉回来走，这是历史发展的法则。如果还有要逃的，消灭他，服从历史。

（史劲记）

一个白日梦

林荫路旁峙立着一排像是没有尽头的漂亮的黄墙，墙上自然不缺少我们这"文字国"最典型的方块字的装饰，只因马车跑得太快，来不及念它？心想反正不是机关，便是学校，要不就是营房。忽然，两座约莫二丈来高，影壁不像影壁，华表不像华表，极尽丑恶之能事的木质构造物闯入了视野，像黑夜里冷不防跳出一声充满杀气的"口令！"那东西可把人吓一跳！那威风凛凛的稻草人式的构造物，和它上面更威风的蓝地白书的八个擘窠大字：

　　顶天立地

　　继往开来

也不知道是出自谁人的手笔，或哪部"经典"，对子倒对得顶稳的。可是当时我并没有想到那些，我只觉得一阵头昏眼花，不是吓唬的（稻草人可吓得倒人？）我的头昏眼花恰恰是像被某种气味薰得作呕时的那一种。我问我自己，这究竟是一种什么气味？怎么那样冲人？

我想起十字牌的政治商标，我明白了。不错，八个字的目的如果在推销一个个人的成功秘诀，那除了希特勒型的神经病患者，谁当得起？如果是标榜一个国家的立国精神，除了纳粹德国一类的世界里，又哪儿去找这样的梦？想不出我们黄炎子孙也变得这样伟大！果然如此，区区个人当然也"与有荣焉"，——我的耳根发热了。

个人主义和由它放大的本位主义的肥皂水，居然吹起这种大而美丽的泡。看，它不但囊括了全部的空间"顶天立地"，还垄断了整个的时间"继往开来"！怕只怕一得意，吹得太使劲儿，泡炸了，到那时原形毕露，也不过那么小小一滴水而已。我真为它——也为我自己——捏一把汗。

个人之于社会等于身体的细胞，要一个人身体健全，不用说必需每个细胞都健全。但如果某个细胞太喜欢发达，以至超过它本分的限度而形成瘿瘤之类，那便是病了。健全的个人是必需的，个人发达到排他性的个人主义，却万万要不得，如今个人主义还不只是瘿瘤，它简直是因毒菌败坏了一部分细胞而引起的一种恶性发炎的痈疽，浮肿的肌肉开着碗口大的花，那何尝不也是花花绿绿的绚缦的色彩，其实只是一块臭脓烂肉。唉！气味便是从那里发出的吧！

从排他性的个人主义到排他性的民族主义，是必然的发展。我是英雄，当然我的族类全是英雄。炎性是会得蔓延的，这不必细说。

极端的个人主义者必然也是个唯心主义者。心灵是个人行为的发号施令者，夸大了个人，便夸大了心灵。也许我只是历史上又一个环境的幸运儿，但我总以为我的成功，完全由于自己的意志或精神力量，只因为除了我个人，我什么也没看见。

我只知道向自己身上去发现成功的因素，追得愈深，想得愈玄，于是便不能不堕入唯心论的迷魂阵中。

一切环境因素，一切有利的物质条件，一切收入的账簿被转到支出项下了，我惊讶于自身无尽的财富，而又找不出它的来源，我的结论只好是"天生德于予"了。于是我不但是英雄，而且是圣人了！

由不曾失败的英雄，一变而为不曾错误的圣人，我便与"真理"同体化了，因而"我"与"人"就变成"是"与"非"的同义语了。从此一切暴行只要是出于我的，便是美德，因为"我"就是"是"。到这时，可怜的个人主义便交了恶运，环境渐渐于我不利，我于是猜忌，疯狂，甚至迷信，我的个人主义终于到了恶性发炎的阶段，我的结局……天知道是什么！

一九四四，十一。

什么是儒家

——中国士大夫研究之一

"无论在任何国家,"伊里奇在他的《国家论》里说,"数千年间全人类社会的发展,把这发展的一般的合法则性,规则性,继起性,这样的指示给我们了:即是,最初是无阶级社会——贵族不存在的太古的,家长制的,原始的社会;其次是以奴隶制为基础的社会,奴隶占有者的社会。……奴隶占有者和奴隶是最初的阶级分裂。前一集团不仅占有生产手段——土地,工具(虽然工具在那时是幼稚的),而且还占有了人类。这一集团称为奴隶占有者,而提供劳动于他人的那些劳苦的人们便称为奴隶。"中国社会自文明初发出曙光。即约当商盘庚时起,便进入了奴隶制度的阶段,这个制度渐次发展,在西周达到它的全盛期,到春秋中叶便成强弩之末了,所以我们可以概括的说,从盘庚到孔子,是我们历史上的奴隶社会期。但就在孔子面前,历史已经在剧烈的变革着,转向到另一个时代,孔子一派人大声疾呼,企图阻止这一变革,然而无效。历史仍旧进行着,直到秦汉统一,变革的过程完毕了,这才需要暂时休息一下。趁着这个当儿，孔子的后学们，董仲舒为代表，便将孔子的理想，略加修正，居然给实现了。在长时期变革过程的疲惫后，这是一帖理想的安眠药，因为这安眠药的魔力，中国社会便一觉睡了两千年，直到孙中山先生才醒转一次。孔子的理想即是恢复奴隶社会的秩序，而董仲舒是将这理想略加修正后，正式实现了，那么，中国社会，从董仲舒到中山先生这段悠长的期间，便无妨称为一个变相的奴隶社会。

董仲舒的安眠药何以有这大的魔力呢？要回答这问题，还得从头说起。相传殷周的兴亡是仁暴之差的结果，这所谓仁与暴分明代表着两种不同的奴隶管理政策。大概殷人对于奴隶榨取过度，以致奴隶们"离心离德"而造成"前途倒戈"的后果，反之，周人的榨取比较温和，所以能一方面赢得自己奴隶的"同心同德"，一方面又能给太公以施行"阴谋"的机会，教对方的奴隶叛变他们自己的主人，仁与暴漂亮的名词，实际只是管理奴隶的方法有的高明点，有的笨点罢了。周人还有个高明的地方，那便是让胜国的贵族管理胜国的奴隶。《左传》定公四年说："周公相王室，分鲁公以……殷民六族……使帅其宗氏，辑其分族，将其类丑：使之职事于鲁……分之土田陪敦（附庸，即仆庸），祝宗卜史，备物典策，官司彝器。……分康叔以……殷民七族。……"这些殷民六族与七族便是胜国投降的贵族，那些"备物典策，官司彝器"的"祝宗卜史"，便是后来所谓"儒"——寄食于贵族的知识分子。让贵族和知识分子分掌政教，共同管理自己的奴隶"附庸"，这对奴隶们和奴隶占有者"周人"双方都有利的，因为以居间的方式他们可以缓和主奴间的矛盾，他们实在做了当时社会机构中的一种缓冲阶层。后来胜国贵族们渐趋没落，而儒士们因有特殊知识和技能，日渐发展成一种宗教文化的行帮企业，兼理着下级行政干部的事务，于是缓冲阶层便为儒士们所独占了。当然也有一部分没落胜国贵族，改业为儒，加入行帮的。

明白这种历史背景，我们就可以明白儒家的中心思想。因为儒家是一个居于矛盾的两极之间的缓冲阶层的后备军，所以他们最忌矛盾的统一，矛盾统一了，没有主奴之分，便没有缓冲阶层存在的馀地。他们也不能偏袒某一方面，偏袒了一方，使一方太强，有压倒对方的能力，缓冲者也无事可做。所谓"君子和而不同"，便是要使上下在势均力敌的局面中和平相处，而切忌"同"于某一方面，以致动摇均势，因为动摇了均势，便动摇自己的地位啊！儒家之所以不能不讲中庸之道，正因他是站在中间的一种人。中庸之道，对上说，爱惜奴隶，便是爱惜自己的生产工具，也便是爱惜自己，所以是有利的；对下说，反正奴隶是做定了，苦也就吃定，只要能吃点苦就是幸福，所以也是有利的。然而中庸之道，最有利的，恐怕还是那站在中间，两边玩弄，两边镇压，两边劝谕，做人又做鬼的人吧！孔子之所以宪章文武，尤其梦想周公，无非是初期统治阶级的奴隶管理政策，符合了缓冲阶层的利益，所谓道统者，还是有其社会经济意义的。

可是切莫误会，中庸决不是公平。公平是从是非观点出发的，而中庸只是在利害中打算盘，主奴之间还讲什么是非呢？如果是要追究是非，势必牵涉到奴隶制度的本身，如果这制度本身发生了问题，哪里还有什么缓冲阶层呢？显然的，是非问题是和儒家的社会地位根本相抵触的。他只能一面主张"成事不说，遂事不谏，既往不咎"，一面用正名（君君臣臣，父父子子）的理论，维持现有的秩序（既成事实），然后再苦口婆心的劝两面息事宁人，马马虎虎，得过且过。我疑心"中庸"之庸字也就是"附庸"之庸字，换言之，"中庸"便是中层或中间之佣。自身既也是一种佣役（奴隶），天下哪有奴隶支配主人的道理，所以缓冲阶层的真正任务，也不过是恳求主子刀下留情，劝令奴才忍重负辱，"执中无权，犹执一也"，天秤上的码子老是向重的一头移动着，其结果，"中庸"恰恰是"不中庸"。可不是吗？"爵禄可辞也，白刃可蹈也，中庸不可能也！"果然你辞了爵禄，蹈了白刃，那于主人更方便（因为把劝架人解决了，奴才失去了掩蔽，主人可以更自由的下毒手），何况爵禄并不容易辞，白刃更不容易蹈呢？实际上缓冲阶层还是做了帮凶，"季氏富于周公，而求也为之聚敛而附益之"，冉求的作风实在是缓冲阶层的唯一出路。孔子喝令"小子鸣鼓而攻之！"是冤枉了冉求，因为孔子自己也是"三月无君则皇皇如也"的，冉求又怎能饿着肚子不吃饭呢！

但是，有了一个建筑在奴隶生产关系上的社会，季氏便必然要富于周公，冉求也必然要为之聚敛，这是历史发展的一定的法则。这法则的意义是什么呢？恰恰是奴隶社会的发展促成了奴隶社会的崩溃。缓冲阶层既依存于奴隶社会，那么冉求之辈的替主人聚敛，也等于替缓冲阶层自掘坟墓。所以毕竟是孔子有远见，"留得青山在，不怕没柴烧"，冉求是自己给自己毁坏青山啊！然而即令是孔子的远见也没有挽回历史。这是命运的作剧，做了缓冲阶层，其势不能不帮助上头聚敛，不聚敛，阶层的地位便无法保持，但是聚敛得来使整个奴隶社会的机构都要垮台，还谈得到什么缓冲阶层呢？所以孔子的呼吁如果有效，青山不过是晚坏一天，自己便多烧一天的柴，如果无效，青山便坏得更早点，自己烧柴的日子也就有限了，孔子的见地还是远点，但比起冉求，也不过是"以五十步笑百步"而已。结果，历史大概是沿着冉求的路线走的，连比较远见的路线都不会蒙它采纳，于是春秋便以高速度的发展转入了战国，儒家的理想，非等到董仲舒不能死灰复燃的。

话又说回来了，儒家思想虽然必需等到另一时代，客观条件成熟，才能复活，但它本身也得有其可能复活的主观条件，才能真正复活，否则便有千百个董仲舒，恐怕也是枉然。儒家思想，正如上文所说，是奴隶社会的产物，而它本身又是拥护奴隶社会的。我们都知道，奴隶社会是历史必须通过的阶段，它本身是社会进步的果，也是促使社会进步的因。既然必须通过，当然最好是能过得平稳点，舒服点。文武周公所安排的，孔子所发表的奴隶社会，因为有了那样缓和的榨取政策，和为执行这政策而设的缓冲阶层，它确乎是一比较舒服的社会，因为舒服，所以自从董仲舒把它恢复了，二千年的历史在它的怀抱中睡着了。

诚然，董仲舒的儒家不是孔子的儒家，而董仲舒以后的儒家也不是董仲舒的儒家，但其为儒家则一，换言之，他们的中心思想是一贯的。二千年来，士大夫没有不读儒家经典的，在思想上，他们多多少少都是儒家，因此，我们了解了儒家，便了解了中国士大夫的意识观念。如上文所说，儒家思想是奴隶社会的产物，然则中国士大夫的意识观念是什么，也就值得深长思之了！

原载昆明《民主周刊》第一卷第五期，一九四五年一月。

五四运动的历史法则

大家都知道，近百年来，中国社会是处于一种半封建性半殖民地性的状态中。封建的主人地主官僚与殖民国的主人帝国主义，这两个势力之能够同时并存于我们这里，已经说明了它们之间的一种奇异的关系，一种相反而又相成，相克而又相生的矛盾关系。在剥削人民的共同目的上，它们利害相同，所以能够互相结合，互相维护，同时分赃不匀又使它们利害冲突而不能不互相龃龉。然而它们却不能决裂。因为，他们知道，假如帝国主义独占了中国，任凭它的武器如何锋利，民族的仇恨会梗塞着它的喉头，使它不能下咽，假如封建势力垄断了中国，那又只有加深它自己的崩溃，以致在人民革命势力之前，加速它自己的灭亡。总之，被压迫被榨取的，究竟是"人"，而人是有反抗性的，反抗而团结起来，便是力量，不是民族的力量，便是民主的力量，这些对于帝国主义或封建势力，都是很讨厌的东西。于是他们想好分工合作，让地主官僚出面执行榨取的任务，以缓和民族仇恨。（这是帝国主义借刀杀人！）让帝国主义一手把着枪炮，一手提着钱袋，站住背后保镖，以软化民主势力。（这是地主官僚狗仗人势！）它们是聪明的，因为，虽然它们的欲壑都有着垄断性与排他性，它们都愿意极力克制这些，彼此互相包容，互相照顾，互相妥协、而相安于一种近乎均势的状态中。果然，愈是这样，它们的寿命愈长，那就是说，惟其是半封建，半殖民地，中国人民的解放才愈难实现。

可是，帝国主义和封建势力的寿命偏是不能长，而中国人民毕竟非解放不可！基于资本主义国家间内在的矛盾，帝国主义对中国的威力大大的受了制约，矛盾尖锐化到某种程度，使它们自相火并起来，帝国主义就成为得暂时退出中国。帝国主义退出了中国，人民的对手便由两个变成一个，这便好办了，只要让人民和封建势力以一比一的力量来决斗，最后胜利定属于人民。我说最后胜利，因为一上来，封建势力凭了它那优势的据点和优势的武器，确乎来势汹汹，几乎有全盘胜利的把握。但它究竟是过了时的乏货，内部的腐化将逼得它最后必需将据点放弃，武器交出，而归于失败。五四运动及其前前后后，便是这个历史事实的具体说明。

一九一四年以前，活动于中国政治经济战场上的是一种三角斗争，包括（一）各个字号的帝国主义，（二）以袁世凯为中心的封建残馀势力，以及（三）代表人民力量的市民层民主革命的两股潜伏势力，（甲）国民党政治集团，（乙）北京大学文化集团。那时三个力量中，帝国主义势焰最大，封建势力仅次于帝国主义，政治上代表人民愿望的国民党几乎是在苟延残喘的状态中保持着一线生机，至于作为后来文化革命据点的北京大学，在政治意义上更是无足轻重。但等一九一四年欧洲诸帝国主义国家内在的矛盾，尖锐化到不能不爆发为第一次世界大战，中国的情形便大变了。欧洲列强，不论是协约国或同盟国，为着忙于上前线进攻，或在后方防守，忽然都退出了，中国社会的本质便立时由半封建半殖民地，变为约当于百分之九十的封建，百分之十的殖民地（这百分之十的主人，不用说，就是日本），于是袁世凯和他的集团忽然交了红运，可是袁世凯的红运实在短得可怜，而他的馀孽北洋军阀的红运也不太长。真正走红运的倒是人民，你不记得仅仅距袁氏称帝后四年，督军解散国会和张勋复辟后二年，向封建势力突击的文化大进军，五四运动便出现了吗？从此中国土地上便不断的涌着波澜日益壮阔的民主怒潮，终于使国民革命军北伐成功，北洋军阀彻底崩溃。这时人民力量不但铲除了军阀，还给刚从欧洲抽身回来的帝国主义吃了不少眼前亏。请注意：帝国主义突然退出，封建势力马上抬头，跟着人民的力量就将它一把抓住，经过一番苦斗，终于将它打倒——这历史公式，特别在今天，是值得我们深深玩味的！

谁说历史不会重演？虽然在细节上，今天的"五四"不同于二十六年前的"五四"，可是在主要成分上，两个时代几乎完全是一样的。第二次世界大战爆发，欧洲帝国主义退出，于是中国半殖民地的色彩取消了，半封建便一变而为全封建，（请在复古空气和某种隆重礼物的进献中注意筹安会的鬼，还有这群鬼群后的袁世凯的鬼！）现在封建势力正在嚣张的时候，可是，人民也没有闲着，代表人民愿望，发挥人民精神，唤醒人民力量的政治，文化种种集团也都不缺少，满天乌云，高耸的树梢上已在沙沙发响，近了，更近了，暴风雨已经来到，一场苦斗是不能避免的。至于最后的胜利，放心吧——有历史给你做保证。

历史重演，而又不完全重演。从二十六年前的"五四"，到今天不同于二十六年前的"五四"，恰是螺旋式的进展了一周。一切都进了步了。今天帝国主义的退出，除了实际活动力量与机构的撤退，还有不平等条约的取消，中国人卖身契的撕毁。这回帝国主义的退出是正式的，至少在法律上，名义上是绝对的，中国第一次，坐上了"列强"的交椅。帝国主义进一步的撤退，是促使或放纵封建势力进一步的伸张的因素，所以随着帝国主义的进步，封建势力也进步了。战争本应使一个国家更加坚强，中国却愈战愈腐化，这是什么缘故？原来腐化便是封建势力的同义语，不是战争，而是封建馀毒腐化了中国。今天政治经济，社会，文化的腐化方面，比二十六年前更变本加厉，是公认的事实。时髦的招牌和近代化的技术，并不能掩饰这些事实。反之，都是加深腐化的有力工具，和保育毒菌的理想温度。然而封建势力的进步，必然带来人民力量的进步，这可分四方面讲。（一）西南大后方市民阶层的民主运动。这无论在认识上，组织上或进行方法上，比起五四时代都进步多了，详情此地不能讨论。（二）敌后的民主中国，这个民主的大本营，论成绩和实力，远非五四时代以来所能比拟，是人人都知道的。（三）封建势力内部的醒觉分子。这部分民主势力，现在还在潜伏期中，一旦爆发，它的作用必然很大。这是五四时代几乎完全没有过的一种势力，今天在昆明，它尤其被一般人所忽略。以上三种力量都是自觉的，另有一种不自觉的，但也许比前三者更强大的力量，那便是（四）大后方水深火热中的农民。虽然他们不懂什么是民主，但是谁逼得他们活不下去，他们是懂得的。五四时代，因帝国主义退出，中国民族工业得以暂时繁荣，一般说来，人民的生活是走上坡路的。今天的情形，不用说，和那时正相反。这情形是政治腐化的结果，而政治腐化的责任，正如上文所说，是不能推在抗战身上的。半个民主的中国不也在抗战吗？而且抗战得更多，人民却不饿饭（还不要忘记那本是中国最贫瘠的区域之一）。原来抗战在我们这大后方是被人利用了，当作少数人吸血的工具利用了。黑幕已经开始揭露，血债早晚是要还清的，到那时，你自会认识这股力量是如何的强大。

帝国主义的进步，封建势力的进步，结果都只为人民进步造了机会，为人民胜利造了机会。不管道路如何曲折，最后胜利永远是属于人民的，二十六年前如此，今天也如此。在"五四"的镜子里，我们看出了历史的法则。

一九四五年四月二十七日。

五四断想

旧的悠悠死去，新的悠悠生出，不慌不忙，一个跟一个，——这是演化。

新的已经来到，旧的还不肯去，新的急了，把旧的挤掉，——这是革命。

挤是发展受到阻碍时必然的现象，而新的必然是发展的，能发展的必然是新的，所以青年永远是革命的，革命永远是青年的。

新的日日壮健着（量的增长），旧的日日衰老着（量的减耗），壮健的挤着衰老的，没有挤不掉的。所以革命永远是成功的。

革命成功了，新的变成旧的，又一批新的上来了。旧的停下来拦住去路，说："我是赶过路程来的，我的血汗不能白流，我该歇下来舒服舒服。"新的说："你的舒服就是我的痛苦，你耽误了我的路程，"又把他挤掉，……如此，武戏接二连三的演下去，于是革命似乎永远"尚未成功"。

让曾经新过来的旧的，不要只珍惜自己的过去，多多体念别人的将来，自己腰酸腿痛，拖不动了，就赶紧让。"功成身退"，不正是光荣吗？"后生可畏，焉知来者之不如今也！"这也是古训啊！

其实青年并非永远是革命的，"青年永远是革命的"这定理，只在"老年永远是不肯让路的"这前提下才能成立。

革命也不能永远"尚未成功"。几时旧的知趣了，到时就功成身退，不致阻碍了新的发展，革命便成功了。

旧的悠悠退去，新的悠悠上来，一个跟一个，不慌不忙，哪天历史走上了演化的常轨，就不再需要变态的革命了。

但目前，我们用"挤"来争取"悠悠"，用革命来争取演化。"悠悠"是目的，"挤"是达到目的的手段。

于是又想到变与乱的问题。变是悠悠的演化，乱是挤来挤去的革命。若要不乱挤，就只得悠悠的变。若是该变而不变，那只有挤得你变了。

子在川上，曰："逝者如斯夫，不舍昼夜！"古训也发挥了变的原理。

原载联大《悠悠体育会周年五四纪念特刊》，一九四五年五月。

妇女解放问题

认清楚对象

争取妇女解放的对象该是整个社会而不是男性。一切问题都是这不合理的社会所产生，都该去找社会去算账。但社会是看不见的，在这里只能用个人的想象来把它看成一个集体的东西——房屋。我们在这房屋中间生活了几千年，每人都被安放在一个角落上，有的被放得好，放得正，生活过得舒服，有的被放得不正，生活不舒服，就想法改良反抗，于是推推挤挤拿旁人来出气，其实，旁人也没有办法，也不能负责的，这是整个社会结构的问题，就像一座房屋，盖得既不好，年代又久了，住得不舒服，修修补补是没有用处的，就只有小心地把房屋拆下，再重新按照新的设计图样来建筑。对于社会而言，这种根本的办法，就是"革命"。革命并非毁灭，只是小心地把原料拆下来，重新照新计划改造。所以计划得很好的革命，并不是太大的事情。

奴隶制度产生的因素有二：一是种族，二是两性

现在的社会是不合理的，因为这社会里有阶级，阶级的产生由于奴隶制度。奴隶制度产生的因素有两个：一是种族，一是两性。在两个种族打仗的时候，甲族的人被乙族的俘去了，作为生产工具，即是奴隶，原来平等的社会就开始分裂成主奴两个阶级。奴隶的数目愈来愈多的时候，这两个阶级的分别也愈为明显，倘没有另外的种族，那么一切不平等，阶级产生的可能性也可减少。其次问到最初被俘的甲族人是男还是女的，回答说是女的。被俘来的不仅作奴隶，还可作妻子。因为在图腾社会中有一种很重要的制度叫"外婚制"，就是男子不能和他本族的女子结婚，一定得找外族的女子作配偶。在这制度下两族本可交换女子结婚，但因古代婚姻，不单是解决两性的问题，重要的还是经济的问题，大家都需要生产，劳动力，女子在未嫁前帮娘家作活，娘家当然不愿她出嫁而减少一个帮手，使自己受到损失，所以老把女儿留在家里。但另一边同样急切地需要她去生产孩子，在这争持的情形下，产生了抢婚的行为，她既是被抢来的生产工人，便怕她逃回家去，或被娘家的人抢回，才用绳子捆起，成为这族的奴隶，所以谈到奴隶制度时，两性的因素不可缺少，甚至"奴隶制"是"外婚制"的发展呢！

女，奴性和妓性

中国古人造字，"女"字是"寄"或"李"，象征绳子把坐着的人捆住，而"女"字和"奴"字在古时不但声音一样，意义也相同，本来是一个字，只是有时多加一双手牵着而已，那时候，未出嫁的女儿叫"子"，出嫁后才叫"女"或"奴"，所以妇女的命运从历史的开始起，就这么惨了。

现在的社会里，奴隶已逐渐解放了，最先被解放的奴隶是距主人最远的农业奴隶，主人住在城里，他们住在乡间。其次被解放的是贵族的工商职奴隶，主人住在内城，他们住在外城。再其次是在主人身边伺候主人的听差老妈子，而资格最老，历史最久的奴隶——妇女——却还没有得到解放，因为她们和她们的主子——丈夫——的距离太近，关系太密切了，而且生活过得也还可以，不觉得要解放。

从历史上看中国的女性，就是奴性的同义字，三从四德就是奴性的内容。再不客气地说一句，近代西洋女性的妓性比较起来也好不了多少，只是男女关系不固定些而已。奴则老是待在家里，不准外出，而且固定属于一个男子，妓则要自由得多，妓因有被迫去当的，但自动去当妓，多少带点反抗性，所以近代西洋的妓性比中国的奴性要好一点，因为已解放了一个，只是不彻底而已。

真女性应该从母性出发而不从妻性出发

彻底解放了的新女性应该是真女性，我们先设想在奴隶社会没开始时的那个没有阶级，没有主奴关系的社会，真女性就该以那社会中的天然的，本来的，真正的女性做标准。有人说女子总是女子，在生理上和男子不同，就进化来证明女子该进厨房，其实是不对的，根据人类学，在原始时的女性中心社会里的女子，长得和这时代的女子不同，胸部挺起，声量宽洪，性格刚强，而那时候的男子反因坐得久了，脂肪积储在下体，使臀部变大，同时又因须抚养儿女，性情温柔，声音细弱，所以除了女子能生育而产生母子关系而外，和男子并没有什么不同。真女性就应该从母性出发而不从妻性出发（从妻性出发，不成为奴，即成为妓），母亲对待儿子总是慈爱的，愿为儿子操劳，忍耐，甚至勇敢地牺牲，从母性出发的真女性是刚强的，具备一切美德如：仁慈，忍耐，勇敢，坚强，就是雌性的动物在哺乳的时候，总是比雄的还来得凶，来得可怕，俗语中的"母大虫"，"雌老虎"，古书上称猎得乳虎的做英雄，都是这个意思。女子彻底解放以后，将来的文化要由女子来领导。一切都以妇女为表率，为模范，为中心。

我们不反对女子中看又中用，但最要紧的还是中用

妇女的解放，并不是个人的努力所能成功的，必须从整个

社会下手，拆下旧房屋，再按照新计划去盖造，使成为没有阶级，没有主奴关系的社会，历史照螺旋形发展，从当初开始有奴隶的社会到今天刚好绕了一圈，现在又要到没有奴隶的社会了，这不是进化，不过这得有理想，有魄力，才能改变到一个新社会，三千年来的历史全错了，要是有一点地方对的，也是偶然碰上了而已。我的这种想法也许有点大胆，有点浪漫；但在有些地方——譬如苏联，已经试验成功了。台维斯的《出使莫斯科记》里说："美国的女子中看不中用，苏联的女子中用不中看。"苏联女子就是从母性出发的真女性，是实际有用的，并不是供人看看的花瓶。当然我们不反对女子中看又中用，但最要紧的还是中用，倘以中看为标准而做去，充其量，只是表现出妓性。还有《延安一月》的作者告诉我们，延安的妇女已不像女性，也就是说延安的妇女是真正解放了，已不再是奴隶了。现在既有具体的，试验成功的榜样供大家学习，为什么还躲在这社会里呻吟而逃避呢？毕竟妇女解放问题被提出了，热烈地展开讨论了，表示妇女解放的条件已成熟，离真正解放的日子也不远了，一旦妇女真正解放，文化也就变成新的，文学艺术各部门都要以新姿态出现了！

　　（本篇是闻先生准备对联大女同学会演讲的原稿，后因演讲会未能举行，便改五五文艺晚会上和《屈原》一并讲出，今仍原稿。——编者）

　　　　　　　　原载《大路》第五期，一九四五，五。

　　　　　　　　（以上选自全集戊集《杂文》。）

人民的诗人

——屈原

古今没有第二个诗人像屈原那样曾经被人民热爱的。我说"曾经",因为今天过着端午节的中国人民,知道屈原这样一个人的实在太少,而知道《离骚》这篇文章的更有限。但这并不妨碍屈原是一个人民的诗人。我们也不否认端午这个节日,远在屈原出世以前,已经存在,而它变为屈原的纪念日,又远在屈原死去以后。也许正因如此,才足以证明屈原是一个真正的人民诗人。惟其端午是一个古老的节日,"和中国人民同样的古老",足见它和中国人民的生活如何不可分离。惟其中国人民愿意把他们这样一个重要的节日转让给屈原,足见屈原的人格,在他们生活中,起着如何重大的作用。也惟其远在屈原死后,中国人民还要把他的名字,嵌进一个原来与他无关的节日里,才足见人民的生活里,是如何的不能缺少他。端午是一个人民的节日,屈原与端午的结合,便证明了过去屈原是与人民结合着的,也保证了未来屈原与人民还要永远结合着。

是什么使得屈原成为人民的屈原呢?

　　第一，说来奇怪，屈原是楚王的同姓，却不是一个贵族。战国是一个封建阶级大大混乱的时期，在这混乱中，屈原从封建贵族阶级，早被打落下来，变成一个作为宫廷弄臣的卑贱的伶官，所以，官爵尽管很高，生活尽管和王公们很贴近，他，屈原，依然和人民一样，是在王公们脚下被践踏着的一个。这样，首先在身份上，屈原便是属于广大人民群中的。

　　第二，屈原最主要的作品——《离骚》的形式，是人民的艺术形式，"一篇题材和秦始皇命博士所唱的《仙真人诗》一样的歌舞剧"。虽则它可能是在宫廷中演出的。至于他的次要的作品——《九歌》，是民歌，那更是明显，而为历来多数的评论家所公认的。

　　第三，在内容上：《离骚》"怨恨怀王，讥刺椒兰"，无情的暴露了统治阶层的罪行，严正的宣判了他们的罪状，这对于当时那在水深火热中敢怒而不敢言的人民，是一个安慰，也是一个兴奋。用人民的形式，喊出了人民的愤怒，《离骚》的成功不仅是艺术的，而且是政治的，不，它的政治的成功，甚至超过了艺术的成功，因为人民是最富于正义感的。

　　但，第四，最使屈原成为人民热爱与崇敬的对象的，是他的"行义"，不是他的"文采"。如果对于当时那在暴风雨前窒息得奄奄待毙的楚国人民，屈原的《离骚》唤醒了他们的反抗情绪，那么，屈原的死，更把那反抗情绪提高到爆炸的边沿，只等秦国的大军一来，就用那溃退和叛变的方式，来向他们万恶的统治者，实行报复性的反击。（楚亡于农民革命，不亡于秦兵，而楚国农民的革命性的优良传统，在此后陈胜吴广对秦政府的那一著上，表现得尤其清楚。）历史决定了暴风雨的时代必然要来到，屈原一再的给这时代执行了"催生"的任务，屈原的言，行，无一不是与人民相配合的，虽则也许是不自觉的，有人说他的死是"匹夫匹妇自经于沟壑"，对极了，匹夫匹妇的作风，不正是人民革命的方式吗？

以上各条件，若缺少了一件，便不能成为真正的人民诗人。尽管陶渊明歌颂过农村，农民不要他，李太白歌颂过酒肆，小市民不要他，因为他们既不属于人民，也不是为着人民的。杜甫是真心为着人民的，然而人民听不懂他的话。屈原虽没写人民的生活，诉人民的痛苦，然而实质的等于领导了一次人民革命，替人民报了一次仇。屈原是中国历史上唯一有充分条件称为人民诗人的人。

一九四五，六。

（选自全集甲集《神话与诗》）

兽·人·鬼

刽子手们这次杰作，[①] 我们不忍再描述了，其残酷的程度，我们无以名之，只好名之曰兽行，或超兽行。但既已认清了是兽行，似乎也就不必再用人类的道理和它费口舌了。甚至用人类的义愤和它生气，也是多馀的。反正我们要记得，人兽是不两立的，而我们也深信，最后胜利必属于人！

胜利的道路自然是曲折的，不过有时也实在曲折得可笑。下面的寓言正代表着目前一部分人所走的道路。

村子附近发现了虎，孩子们凭着一股锐气，和虎搏斗了一场，结果遭牺牲了，于是成人们之间便发生了这样一串纷歧的议论：

——立即发动全村的人手去打虎。

——在打虎的方法没有布置周密时，劝孩子们暂勿离村，以免受害。

——已经劝阻过了，他们不听，死了活该。

——咱们自己赶紧别提打虎了，免得鼓励了孩子们去

---

① 指"一二·一"惨案。

冒险。

——虎在深山中，你不惹它，它怎么会惹你？

——是呀！虎本无罪，祸是喊打虎的人闯的。

——虎是越打越凶的，谁愿意打谁打好了，反正我是不去的。

议论发展下去是没完的，而且有的离奇到不可想象。当然这里只限于人——善良的人的议论。至于那"为虎作伥"的鬼的想法，就不必去揣测了。但愿世上真没有鬼，然而我真担心，人既是这样的善良，万一有鬼，是多么容易受愚弄啊！

原载一九四五年十二月九日三版《时代评论》第六期。

（选自全集己集《演讲录》）

"一二·一"运动始末记

自从民国三十三年双十节，昆明各界举行纪念大会，发表国是宣言，提出积极的政治主张。这里的学生，配合着文化界，妇女界，职业界的青年，便开始团结起来，展开热烈的民主运动，不断地喊出全国人民最迫切的要求。各大中学师生关于民主政治无数次的讲演，讨论和各种文艺活动的集会，各界人士许多次对国是的宣言，以及三十三年护国，三十四年"五四"纪念的两次大游行，这些活动，和其他后方各大城市的沉默恰形成一个鲜明的对照。但在这沉默中，谁知道他们对昆明，尤其昆明的学生，怀抱着多少欣羡，寄托着多少期望。

三十四年八月，日本还没投降，全国欢欣鼓舞，以为八年来重重的苦难，从此结束。但是，不出两月，在十月三日，云南省政府突然的改组，驻军发生冲突，使无辜的市民饱受惊扰，而且遭遇到并不比一次敌机的空袭更少的死亡。昆明市民的喘息未定，接着全国各地便展开了大规模的内战，人人怀着一颗沉重的心，瞪视着这民族自杀的现象。昆明，被人家欣羡和期望的昆明，怎么办呢？是的，暴风雨是要来的，昆明再不能等了，于是十一月廿五日晚，国立西南联合大学，国立云南大学，私立中法大学，和云南省立英语专科学校等四校学生自治会，在西南联大新校舍草坪上，召开了反对内战，呼吁和平的座谈会，到会者五千馀人。似乎反动者也不肯迟疑，在教授们的讲演声中，全场四周企图威胁到会群众和扰乱会场秩序的机关枪，冲锋枪，小钢炮一齐响了，散会之后，交通又被断绝，数千人在深夜的寒风中踯躅着，抖擞着。昆明愤怒了。

翌日，全市各校学生，在市民普遍的同情与支持之下，相率罢课，表示抗议。并要求查办包围学校开枪的军队。当局对学生们这些要求的答覆是甚么呢？除种种造谣和企图破坏学校团结的所谓"反罢课委员会"的卑劣阴谋外，便是十一月三十日特务们的棍子，石头，手枪，刺刀，对全市学生罢课联合委员会宣传队的沿街追打。然而这只是他们进攻的序幕。十二月一日，从上午九时到下午四时，大批特务和身着制服，佩带符号的军人，携带武器，分批闯入云南大学，中法大学，联大工学院，师范学院，联大附中等五处，捣毁校具，劫掠财物，殴打师生。同时在联大新校舍门前，暴徒们于攻打校门之际，投掷手榴弹一枚，结果南菁中学教员于再先生中弹重伤，当晚十时二十分在云大医院逝世。同时在联大师范学院，正当铁棍、石头飞舞之中，大批学生已经负伤倒地，又飞来三颗手榴弹，中弹重伤联大学生李鲁连君，仅只奄奄一息了，又在送往医院的途中，被暴徒拦住，惨遭毒打，遂至登时气绝。奋勇救护受伤同学的联大学生潘琰小姐已经胸部被手榴弹炸伤，手指被弹片削掉，倒地后，胸部又被猛戳三刀，便于当日下午五时半在云大医院的病榻上，喊着"同学们团结呀！"与世长辞了。昆华工校学生张华昌君，闻变赶来救援联大同学，头部被弹片炸破，左耳满盛着血浆，血红的鲜血上浮着白色的脑浆，这个仅止十七岁的生命，绵延到当日下午五时在甘美医院也结束了。此外联大学生缪祥烈君，左腿骨炸断，后来医治无效，只好割去，变成残废。总计各校学生重伤者十一人，轻伤者十四人，联大教授也有多人痛遭殴辱。各处暴徒从肇事逞凶时起，到"任务"完成后，高呼口号，扬长过市时止，始终未受到任何军警的干涉。

这就是昆明学生的民主运动，和它的最高潮"一二·一"惨案的概略。

"一二·一"是中华民国建国以来最黑暗的一天，也就在这一天，死难四烈士的血给中华民族打开了一条生路。从这一天起，在整整一个月中，作为四烈士灵堂的联大图书馆，几乎每日都挤满了成千成万，扶老携幼的致敬的市民，有的甚至从近郊几十里外赶来朝拜烈士的遗骸。从这天起，全国各地，乃至海外，通过物质的或精神的种种不同的形式，不断地寄来了人间最深厚的同情和最崇高的敬礼。在这些日子里，昆明成了全国民主运动的心脏，从这里吸收着也输送着愤怒的热血的狂潮。从此全国的反内战，争民主的运动，更加热烈的展开，终于在南北各地一连串的血案当中，促成了停止内战，协商团结的新局面。

愿四烈士的血是给新中国历史写下了最新的一页，愿它已经给民主的中国奠定了永久的基石！如果愿望不能立即实现的话，那么，就让未死的战士们踏着四烈士的血迹，再继续前进，并且不惜汇成更巨大的血流，直至在它面前，每一个糊涂的人都清醒起来，每一个怯懦的人都勇敢起来，每一个疲乏的人都振作起来，而每一个反动者战栗的倒下去！

四烈士的血不会是白流的。

一九四六，二。

谨防汉奸合法化

百年以来，中华民族的历史是一部不断的反帝国主义反封建的斗争史，八年抗战依然是这斗争的继续。由于帝国主义与封建势力永远是互相勾结，狼狈为奸的，所以两种斗争永远得双管齐下。虽则在一定的阶段中，形式上我们不能不在二者之中选出一个来作为主要的斗争的对象，但那并不是说，实质上我们可以放松其馀那一个。而且斗争愈尖锐，他们二者团结得也愈紧，抓住了一个，其馀一个就跑不掉，即令你要放走他，也不可能。这恰好就是目前的局势。对外民族抗战阶段中的敌伪，就是对内民主革命阶段中的帝（国主义）封（建势力），这是无须说明的，而目前的敌伪，早已在所谓"共荣圈"中，变成了一个浑一的共同体，更是鲜明的事实。现在日寇已经投降，惩治日寇战犯的办法，固然需待同盟国共同商讨，但惩治汉奸是我们自己的事，然而直到今天，我们还没有听见任何关于处理汉奸的办法。

当初我们那样迫切要求对日抗战，一半固然因为敌人欺我太甚，一半也是要逼着那些假中国人和抱着委屈勉强做中国人的中国人，索性都滚到他们主子那边去，让我们阵线上黑白分

明，便于应战，并且到时候，也好给他们一网打尽。果然抗战
爆发，一天一天，汉奸集团愈汇愈大，于是一年一年，一个伪
组织又一个伪组织，一批伪军又一批伪军。但是那时我们并不
着急，我们只有高兴，因为正如上面所说，这样在战术上是于
我们绝对有利的。可是到了今天，八年浴血苦斗所争来的黑
白，恐怕又要被搅成八年以前黑白不分的混沌状态了。这种现
象是中国人民所不能忍受的。硬把汉奸合法化了，只是掩耳盗
铃的笨拙的把戏，事实的真相，每个人民心头是雪亮的。并且
按照逻辑的推论，人民也会想到：使汉奸合法化的，自己就是
汉奸，而对于一切的汉奸，人民的决心是要一网打尽的。因
此，我们又深信八年抗战既已使黑白分明，要再混淆它，已经
是不可能的。谁要企图这样做，结果只是把自己混进"黑名
单"里，自取灭亡之道！

一九四六。

（以上选自全集戊集《杂文》）

艾青和田间

（这是闻一多先生在去年昆明的诗人节纪念会上的讲演，在这讲演之前，两位联大的同学朗诵了艾青的《向太阳》和田间的《自由向我们来了》《给战斗者》。听众都很激动，接下来，闻先生说：）

一切的价值都在比较上看出来。

（他念了一首赵令仪的诗，说：）

这诗里是什么山查花啦，胸脯啦，这一套讽刺战斗，粉刷战斗的东西，这首描写战争的诗，是歪曲战争，是反战，是把战争的情绪变转，缩小。这也正是常任侠先生所说的鸳鸯蝴蝶派。（笑）

几乎每个在座的人都是鸳鸯蝴蝶派。（笑）我当年选新诗，选上了这一首，我也是鸳鸯蝴蝶派。（大笑）

艾青当然比这好。也表现人民及战争，用我们知识分子最心爱的，崇拜的东西与装饰，去理想化。如《向太阳》这首诗里面，他用浪漫的幻想，给现实镀上金，但对赤裸裸的现实，他还爱得不够。我们以为好的东西里面，往往也有坏的东西。

如在太阳底下死，是 sentimental 的，是感伤的，我们以

为是诗的东西都是那个味儿。（笑）

我们的毛病在于眼泪啦，死啦。用心是好的，要把现实装扮出来，引诱我们认识它，爱它，却也因此把自己的狐狸尾巴露出来了。

这一些，田间就少了，因此我们也就不大能欣赏。

胡风评田间是第一个抛弃了知识分子灵魂的战争诗人，民众诗人。他没有那一套泪和死。但我们，这一套还留得很多，比艾青更多。我们能欣赏艾青，不能欣赏田间，因为我们跑不了那么快。今天需要艾青是为了教育我们进到田间，明天的诗人。但田间的知识分子气，胡风说抛弃了，我看也没有完全抛弃。如"自由向我们来了"，为什么我们不向自由去呢？艾青说"太阳滚向我们"，为什么我们不滚向太阳呢？（笑，鼓掌）

艾青的《北方》写乞丐，田间的一首诗写新型的女人，因为田间已是新世界中的一个诗人。我们不能怪我们不欣赏田间：因为我们生在旧社会中。我们只看到乞丐，新型的女人我们没有看到过。

有人谩骂田间，只是他们无知。

关于艾青田间的话很多，时间短，讲到这儿为止。

原载《联合晚报·诗歌与音乐》第二期，一九四六年六月二十二日。

（选自全集己集《演讲录》）

最后一次的讲演

在云大至公堂李公朴夫人报告李先生死难经过大会上的讲演

这几天，大家晓得，在昆明出现了历史上最卑劣，最无耻的事情！李先生究竟犯了什么罪，竟遭此毒手？他只不过用笔写写文章，用嘴说说话，而他所写的，所说的，都无非是一个没有失掉良心的中国人的话，大家都有一枝笔，有一张嘴，有什么理由拿出来讲啊，有事实拿出来说啊！（闻先生声音激动了）为什么要打要杀，而且又不敢光明正大的来打来杀，而偷偷摸摸的来暗杀！（鼓掌）这成什么话？（鼓掌）

今天，这里有没有特务？你站出来！是好汉的站出来！你出来讲！凭什么要杀死李先生？（厉声，热烈的鼓掌）杀死了人，又不敢承认，还要诬蔑人，说什么"桃色事件"，说什么共产党杀共产党，无耻啊！无耻啊！（热烈的鼓掌）这是某集团的无耻，恰是李先生的光荣！李先生在昆明被暗杀，是李先生留给昆明的光荣！也是昆明人的光荣！（鼓掌）

去年"一二·一"昆明青年学生为了反对内战，遭受屠杀，那算是青年的一代，献出了他们最宝贵的生命！现在李先生为了争取民主，和平，而遭受了反动派的暗杀，我们骄傲一点说，这算是像我这样大年纪的一代，我们的老战友，献出了最宝贵的生命。这两桩事发生，在昆明，这算是昆明无限的光荣！（热烈的鼓掌）

反动派暗杀李先生的消息传出后，大家听了都悲愤痛恨。我心里想，这些无耻的东西，不知他们是怎么想法？他们的心理是什么状态？他们的心怎样长的？（捶击桌子）其实很简单（低沉渐高），他们这样疯狂的来制造恐怖，正是他们自己在慌啊，在害怕啊！所以他们制造恐怖，其实是他们自己在恐怖啊！特务们，你们想想，你们还有几天，你们完了，快完了！你们以为打伤几个，杀死几个，就可以了事，就可以把人民吓倒了吗？其实广大的人民是打不尽的，杀不完的，要是这样可以的话，世界上早没有人了。你们杀死一个李公朴，会有千百万个李公朴站起来，你们将失去千百万的人民，你们看着我们人少，没有力量。告诉你们，我们的力量大得很！多得很！看今天来的这些人，都是我们的人，都是我们的力量！此外还有广大的市民！我们有这个信心：人民的力量是要胜利的，真理是永远存在的。历史上没有一个反人民的势力不被人民毁灭的，希特勒，墨索里尼不都在人民之前倒下去了吗？翻开历史看看，你还站得住几天！你完了，快完了！我们的光明就要出现了。我们看，光明就在我们眼前，而现在正是黎明之前那个最黑暗的时候。我们有力量打破这个黑暗，争到光明！我们的

光明，就是反动派的末日。（热烈的鼓掌）

反动派故意挑拨美苏的矛盾，想利用这矛盾来打内战。任你们怎么样挑拨，怎么样离间，美苏不一定打呀！现在四外长会议已经圆满闭幕了。这不是说美苏间已没有矛盾，但是可以让步，可以妥协，事情是曲折的，不是直线的。

李先生的血，不会白流的！李先生赔上了这条性命，我们要换来一个代价。"一二·一"四烈士倒下了，年青的战士们的血，换来了政治协商会议的召开，现在李先生倒下了，他的血要换取政协会议的重开！（热烈的鼓掌）我们有这个信心！（鼓掌）

"一二·一"是昆明的光荣，是云南人民的光荣，云南有光荣的历史，远的如护国，这不用说了。近的如"一二·一"，都是属于云南人民的，我们要发扬云南光荣的历史！（听众表示接受）

反动派挑拨离间，卑鄙无耻，你们看见联大走了，学生放暑假了，便以为我们没有力量了吗？特务们！你们错了！你们看见今天到会的一千多青年，又握起手来了，我们昆明的青年决不会让你们这样蛮横下去的！

反动派，你看见一个倒下去，可也看得见千百个继起的！

正义是杀不完的，因为真理永远存在！（鼓掌）

历史赋予昆明的任务是争取民主和平，我们昆明的青年必须完成这任务！

我们不怕死，我们有牺牲的精神，我们随时像李先生一样，前脚跨出大门，后脚就不准备再跨进大门！（长时间热烈

的鼓掌）

　　【附记】闻先生的《最后一次的讲演》，有几种不同的记录，如《民主周刊》第三卷第十九期（一九四六年八月二日出版），如《联大八年》（一九四六年七月西南联大学生出版社出版），如史劲著《闻一多的道路》（一九四七年七月生活书店出版）等，记录文字都不一致，甚至连《全集》中所收的记录与《全集》年谱中所录的也不一样。其中以《民主周刊》的文字最为详切生动，以《全集》中所收者为最简，大概《全集》出版时有所顾虑，许多重要的话都删掉了。现在是以《民主周刊》的文字为根据，参照了各种不同的记录，重新写定的。闻先生讲演时的动作，群众的反应，也都参照各种记录有所补充。

　　　　　　　　　　　一九五零年十月二十六日，李广田

图书在版编目(CIP)数据

闻一多选集/闻一多著. —北京：开明出版社，2015.7
（2023.2重印）

（新文学选集. 第1辑）

ISBN 978-7-5131-2164-4

Ⅰ.①闻… Ⅱ.①闻… Ⅲ.①闻一多（1899~1946）－选集
Ⅳ.①I216.2

中国版本图书馆CIP数据核字（2015）第167527号

责任编辑：卓玥　董晓君

书　　名：闻一多选集
出 版 人：陈滨滨
著　　者：闻一多
编辑者：新文学选集编辑委员会
主　　编：茅　盾
出　　版：开明出版社（北京市海淀区西三环北路25号青政大厦6层）
印　　刷：山东华立印务有限公司
开　　本：148＊210　1/32
印　　张：6.625
字　　数：135千字
版　　次：2015年7月第一版
印　　次：2023年2月第三次印刷
定　　价：17.00

印刷、装订质量问题，出版社负责调换。联系电话：(010)88817647